간호사, 세상 밖으로

서울시 간호사 회원의 코로나19 경험 나누기

서울시간호사회 지음

간호사,
세상 밖으로

초판 1쇄 발행 2021년 9월 10일

발 행 인   박인숙
발 행 처   (사)대한간호협회서울시간호사회
출판등록   제315-2011-000035호
주   소   (08296) 서울특별시 구로구 공원로 6가길 26
전   화   02)853-5497
팩   스   02)859-0146
홈페이지   www.seoulnurse.or.kr

기획·제작   도서출판 행복에너지 / (사)대한간호협회서울시간호사회
인쇄·제본   도서출판 행복에너지
홈페이지   www.happybook.or.kr
전   화   010-3267-6277

값 15,000원
ISBN   979-11-5602-916-8   (03810)

간호사, 세상 밖으로

서울시 간호사 회원의 코로나19 경험 나누기

서울시간호사회 지음

발간사

박인숙
서울특별시간호사회 회장

 2020년 눈에 보이지도 않는 작은 바이러스가 전 세계로 퍼져나가면서 코로나 팬데믹이라는 엄청난 세계적 재난 상황이 벌어졌습니다. 대한민국도 예외는 아니었습니다.

 여러 방송에서 대구 및 경북지역의 코로나19 환자가 급증함을 보도하면서, 이 국가적 위기를 잘 극복하는가 싶은 순간에 예방접종은 시행되고 있으나 다시 코로나19 환자들이 늘어나 서울은 물론 전국적으로 극복하기 위한 국가적 노력이 지속되고 있는 상황입니다.

 전국의 코로나19 전담병원은 포화상태에 이르렀습니다. 항상 자신보다 환자들을 위하는 직업적 사명감으로 코로나19의 최전선을 지켜내며 지금 이 순간에도 평범한 일상을 되돌리기 위해 혼신의 힘을 다하고 있습니다.

 이에 서울특별시간호사회에서는 늦은 감도 없지 않지만 간호사로서의 자부심과 자존감, '얼굴 없는 간호사', '함께하는 간호사'를 세상 밖으로 알리고자 코로나19 수기집을 출판하게 되었습니다.

 본 수기집은 코로나19 환자 간호수기가 아닌 간호의 참모습을 기록한 것이라 생각합니다. 힘든 상황에서 간호의 참모습을 찾아가고 오히려 환자들로부터 더 얻은 것이 많다는 간호사들, 근무하면서 수많은 환자의 죽음을 대하였지만 코로나19로 사랑하는 가족 없이 죽음을 맞이하고 외롭게 가는 길을 홀로 옆에서 지켜주고, 힘들어하는 보호자들을 마음으로 안아주는 간호사들, 방호복과 고글 착용으로 흘리는 눈물도 서로 닦아줄 수 없는 상황 등 코로나19 환자가 있는 현장의 상황과 간호사들의 이야기를 담담하게 풀어나간 글입니다.

간호사들의 진솔한 글 속 간호사 등 의료진뿐 아니라 그들의 가족, 친구, 사회 모두가 코로나19를 극복하기 위해 노력한 모습들에서 우리나라의 힘을 느낄 수 있었습니다. 그리고 우리가 코로나19를 이겨나갈 수 있었던 이유는 코로나19가 언제 끝날지 알 수 없는 어려운 상황 속에서도 희망의 불씨를 간직하며 같은 자리에서 묵묵히 일한 훌륭한 간호사분들의 노고 덕분입니다.

글로나마 긴박하게 돌아가던 순간들이 있었던 현장에 다가갈 수 있는 기회를 주고, 그 순간 현장에 있었던 간호사들의 노고를 오롯이 느끼실 수 있기를 바랍니다.

그리고, 지금 이 순간 환자들 곁에 있는 모든 간호사들에게 머리 숙여 감사함을 전합니다.

마지막으로 코로나19로 1년 반 이상의 기간을 버텨오도록 한 원동력을 '의료진 덕분에'뿐만 아니라 '국민 덕분에'라고 담담하게 써내려간 어느 간호사의 글에 시선이 머뭅니다. 언젠가 코로나19가 지나간 훗날, 지금의 노력이 묻히지 않고 훌륭하고 아름다운 영웅들의 이야기로 역사에 기록되기를 소망해봅니다.

추천사

오세훈
서울특별시장

안녕하십니까. 서울특별시장 오세훈입니다.

지난 1년 8개월여간 지속되어 온 코로나19 팬데믹은 전 인류의 삶과 일상을 크게 바꾸어 놓았습니다. 끝이 보이지 않는 코로나19의 긴 터널 속에서 마스크 착용, 비대면 소통이 어느새 익숙한 일상이 되었습니다. '평범한 일상으로의 복귀'라는 소소하지만 간절한 소망이 더없이 소중하고 아득하게 느껴집니다.

코로나19 위기 속에서도 우리 국민들이 어려운 시간을 버티고 이겨낼 수 있었던 것은 최전선의 현장에서 묵묵히 땀 흘리며 헌신해 주시는 간호사 분들의 노고 덕분이 아닌가 생각합니다. 여러분들께서는 간호복 대신 두꺼운 방호복을 꽁꽁 싸매고 밤낮없이 코로나19와 사투를 벌여야 했고, 현장의 여러 불편과 위험도 기꺼이 감수해 가며 시민의 안전과 건강을 지켜주셨습니다. 그런 여러분들이 바로 이 시대 진정한 영웅으로 기억될 것입니다. 다시 한번 진심으로 감사와 존경의 마음을 전합니다. 지금의 위기도 곧 극복할 수 있을 것이라는 믿음과 희망을 가지고 조금만 더 힘을 내주시길 부탁드립니다.

아울러 서울특별시간호사회의 코로나19 수기집 발간을 진심으로 축하드립니다. 여러분들이 현장에서 직접 보고 느끼고 경험한 생생한 기록들은 앞으로의 대한민국 사회를 발전시키는 총아로서의 역할을 할 것임을 확신합니다. 또한 여러분의 목소리는 우리 국민들에게 뜨거운 울림으로서 오래오래 기억될 것입니다.

서울시도 코로나19가 하루 빨리 종식되어 시민 여러분들이 일상 속 안전과 행복을 되찾을 수 있도록 최선의 노력을 다하겠습니다. 감사합니다.

추천사

이영실
서울시의회 보건복지위원장

2020년 1월 20일,
우리나라에서 처음 코로나19 확진자가 발생하였을 때
그 누구도 우리가 이렇게 긴 시간 동안 코로나19라는 생소한 질병과 싸워야
할지 아무도 몰랐을 것입니다.

확진자 수가 주춤해지는가 싶으면 어느새 다시 급증하는 것을 반복하는 사
이에 벌써 1년 반이라는 시간이 훌쩍 지났습니다.
여전히 늘어나는 확진자 수를 보면서 국민들의 몸과 마음도 하루하루 지쳐
만 가고 있습니다.

무엇보다 일선 현장에서 코로나19와 직면하며 대처하고 계시는 간호사 분
들을 포함한 의료진 분들이 가장 힘드실 것이라고 생각합니다.
감염된 환자들을 보살펴가면서, 자신의 안전뿐만 아니라, 동료, 가족 분들의
안위를 돌봐야 하는 상황 속에서 불안감이나 스트레스가 얼마나 심하실지 감
히 상상만 할 뿐입니다.

수기집에 실린 생생한 이야기들을 읽으면서,

지금 이 순간에도 수많은 간호사분들의 헌신적인 노력이 있음으로써 코로나 위기상황을 극복해 나가고 있다는 사실을 다시 한 번 실감할 수 있었습니다.

이 수기집을 통해 코로나19와 끝이 보이지 않는 싸움 속에서도 끊임없이 노력하고 계시는 간호사 분들의 땀의 무게가 보다 많은 시민분들께 전해질 수 있었으면 합니다.

간호사 선생님들의 매일의 노고에
진심으로 감사의 말씀을 드립니다.

추천사

박정선
서울특별시간호사회 홍보위원장

정말 무더운 여름입니다.

폭염주의보 안전안내 메시지가 연일 전해져 오지만 우리는 작년부터 신종감염병으로 인해 유례없는 대혼란을 겪으면서 코로나19 바이러스의 위협으로부터 나와 가족과 모두의 안전을 지키기 위해 사투를 벌이고 있습니다.

작년 1월, 신종바이러스 감염 속보가 전해질 때만 해도 '무더운 여름까지 설마 바이러스가 기승을 부릴까' 하는 안일한 생각을 했었는데 그 기대는 여지없이 무너지고 말았습니다. 상상을 초월하는 바이러스의 공격 가운데 어느새 두 해째 여름을 나고 있습니다.

갖은 노력을 기울여 왔건만 코로나19 감염 확진자 수는 기록을 경신하듯 매일 1,000명을 훌쩍 넘기며 이제는 델타 변이의 출현으로 4차 팬데믹 상황이 벌어지고 있는 안타까운 상황입니다.

여기에 모아진 『간호사, 세상 밖으로』 수기에는 모두가 기피하고 싶은 상황 속에서 코로나19 최전선에서 일하는 간호사들이 어떻게 이 상황을 겪어내고 있는지 생생하게 기술되어 있습니다.

감염의 위험이 도사리는 곳임에도 기꺼이 자원을 하고, 코로나19 확진환자 관련 부서로 근무지가 바뀌면서 선별진료소, 병동과 중환자실, 응급실, 때로는 생활치료센터에서 매 순간 사투를 벌이고 있는 우리 간호사들.

신종감염병에 맞서 매뉴얼도 제대로 없던 초창기부터 간호뿐만 아니라 청소, 이송 등 필요한 일이면 무엇이나 해내며 총체적으로 대처해 왔고, 각종 특수처치를 감당해 내면서 중환자를 간호하고, 환자의 외로움과 분노, 가족들과의 생이별의 슬픔을 고스란히 함께 겪으며 위로하고 격려하는 모습이 본 서에 담겨 있습니다.

더 이상 해 줄 게 없는 상황에서조차 존엄한 한 생명의 마지막을 지키며 간절하게 올리는 기도에 가슴이 뭉클해지고, 눈물이 왈칵 쏟아졌습니다.

이 얼마나 숭고한 존재들인가요!

플로렌스 나이팅게일이 크림 전쟁에서 수많은 목숨을 살리기 위해 헌신적으로 간호했듯이, 마리안느 스퇴거가 모두가 기피하는 소록도에서 한센인을 헌신적으로 간호했듯이, 코로나19 재난 상황에서 대한민국 간호사들은 위험을 무릅쓰고 헌신적으로 감염환자들을 간호하고 있습니다.

고나을 피하지 않고 온몸으로 맞서며 진정한 간호사로 거듭 성장해 온 우리 간호사들.

이제는 당당하게 세상 밖으로 나와 대한민국을 간호하고 있습니다.

간호사 여러분 덕분에 귀중한 생명이 살아나고, 대한민국이 안전합니다.

감사하고 너무나 자랑스럽습니다!

추천사

이은화
서울특별시간호사회 편집소위원장

친애하는 여러분,

서울시간호사회 회원 모든 분께 '사랑의 마음'을 전합니다.

우리는 현재의 재난사태를 통해 국가적 의료 안전망 구축을 위해 간호사의 역할이 얼마나 중요한지 재확인하고 있습니다. 우리 간호계는 전문직간호사로서의 위상을 높이고 보건의료에 대한 사회적 요구에 발맞춰 국민 건강 증진에 기여할 수 있도록 최선의 노력이 필요합니다.

찌는 듯한 무더위 속, 지친 일상에서 코로나19가 4차 대유행으로 확산이 되어, 수도권 4단계의 최상위 방역지침이 발표되었고, 그 기간이 늘어난 만큼 모두가 견디기 어려운 힘든 시간을 보내고 있습니다.

2020년 세계 간호사의 해를 보내며 간호사에 관한 관심이 전 세계적으로 주목받고 있는 지금, 이때야말로 간호사의 지위 향상을 위해 모두가 한마음으로 적극적으로 나아가야 할 터닝 포인트라 생각합니다.

우리의 소리가 반영되도록 관심과 열정을 쏟았습니다. 아울러 소통의 힘을 알기에 여러분과 우리들의 손길이 필요한 곳의 바람을 귀담아듣고자 합니다.

팬데믹 시대를 맞이하여 1년 반이 지나가도록 계속되는 일상의 변화를 겪어

내는 이 시점에 '간호사, 세상 밖으로'를 주제로 서울시 간호사들의 코로나19 관련 희로애락의 경험을 함께 나누고자 수기집을 출간하게 된 것은 시기적절한 일로 여겨집니다. 책 속에 담긴 이야기들은 때로 독자 분들의 경험과 같거나 들어본 듯한 내용일 수도 있고, 생소한 내용으로 간접 경험을 제공할 수도 있습니다. 메르스 이후 우리 임상현장에 큰 변화를 가져온 코로나 19가 불러온 모든 이야기들은 잊을 수 없고 잊어서도 안 되는 귀한 역사적 기록이 되었습니다. 오랜 시간 서로 얼굴을 볼 수는 없는 상황 속에서도 간호사들 모두가 전문직 간호사로서의 사명을 실천하며 마음만은 온전히 함께하고 있습니다. 간호의 역사를 미래로 이어가고자 현장에서 간호사의 행복과 간호사 인재 양성을 위해 부단히 노력하고 있습니다.

113년의 간호역사를 앞둔 이 땅에서, 간호 백년대계의 소중한 출발점이 되는 간호법 제정을 호소하는 이때, 서울시간호사회의 한 분 한 분 모두 힘을 모아야 합니다. 그러니 부디 선한 영향력을 펼치시는 리더가 되시길 바랍니다.

간호사들의 자긍심을 고취시키고 간호사의 권익을 실현하는 데에 있어 우리 서울시 간호사의 역할은 더욱 강해지고 확대될 것입니다. 열악한 간호현장의 환경 개선은 궁극적으로 국민의 건강과 행복을 지향하고 있습니다. 자긍심으로 간호하는 여러분이 있어 행복합니다. 현장을 지키는 여러분은 이 시대의 영웅입니다!

회원 여러분들과 가족들의 몸과 마음이 건강하시고 더욱 행복하시길 소망합니다.

목차

1부 간호사가 마주친 코로나19는

4부 함께 이기리라

1부

간호사가 마주친 코로나19는

생활치료센터 간호사

● 김보민

가톨릭대학교 은평성모병원

자치구에서 온 구급차가 줄을 이뤘다. 혼자 온 환자, 가족이랑 같이 온 환자. 환자들의 모습이 끊이지 않고 CCTV에 잡혔다. 서울시에서만 확진자가 300명 나온 날이었다. 2019년 겨울 낯설게 등장한 코로나19는 이제는 익숙한 이름이 되었고 우리는 저마다의 방식으로 코로나19를 이겨내고 있었다. 병원에는 넘쳐나는 환자들로 자리가 없었고 이에 국가에서는 경증, 무증상 환자들을 병원이 아닌 생활치료센터로 격리하기 시작했다.

나는 지난 2020년 8월부터 코로나19 생활치료센터에서 근무하고 있다. 어느 여름날 내가 근무하는 생활치료센터는 문을 열었다. 첫날부터 입원하는 환자는 많았고 내가 근무하는 나이트 시간까지 환자들이 몰려왔다. 코로나19가 누구에게나 다 처음이었듯이 5년 차 간호사인 나에게도 코로나19 환자는 처음이었다. 생활치료센터 역시 처음이었기에 한 명의 환자를 받는데 무려 30분이나 걸렸다.

하지만 우리는 환자를 보는 간호사이고 환자를 기다리게 할 수 없었다. 늘 그렇듯 우리만의 방식으로 프로세스를 만들었고 생활치료센터가 문을 연 지 3일째 되던 날 우리는 생활치료센터 안내 동영상을 만들어 5분 만에 몰려오는 환자를 받아냈다. 그렇게 나는 새로운 감염병과 새로운 환자에 익숙해지고 있었다. 간호사를 하면서 많은 경험을 해왔다고 생각했는데 생활치료센터에서 근무하면서 더 많은 경험을 하였고 몇 가지를 함께 나누고자 이렇게 글을 쓰게 되었다.

내가 근무하는 생활치료센터에서는 확진일 5일째에 chest X-ray(흉부 x선)를 촬영한다. 촬영 전날 그리고 촬영 당일, 모든 주의사항을 설명했음에도 불구하고 그녀는 가지고 있는 옷 중에서 가장 화려한 옷을 입고 가장 화려한 액세서리를 하고 나왔다. 다시 전화해서 왜 주의사항을 따르지 않았냐고 물어보니 오랜만에 외출이라 설레서 그랬다고 말했다. 코로나19는 누군가의 일상생활 속의 작은 설렘을 빼앗아갔다.

생활지료센터에서는 택배가 가능한데 겨울에는 귤을 택배로 시켜서 드시는 분들이 많았다. 눈이 많이 왔던 겨울 택배기사는 환자가 주문한 귤 한 상자를 들고 생활치료센터에 배달을 왔다. 환자는 본인이 입원하고 있는 6층을 배달 주소로 적었고 택배기사는 최고의 서비스로 환자가 있는 6층까지 배달하러 갔다. 그리고 환자의 방문을 두들기려던 순간 방송이 나왔다. "지금 6층에 계신 택배기사님은 자리에서 움직이지 마시고 그대로 대기해주시길 바랍니다." 우리는

Level D(방호복)[1]를 입고, 택배기사님을 데려와 소독을 마쳤다. 보건소에 신고하고 택배기사님은 결과가 나오는 동안 격리가 되어야만 했다. 코로나19는 누군가의 일을 빼앗아갔다.

생활치료센터에서는 환자 스스로 V/S[2]를 측정하여 제공하는 링크를 통해 입력한다. 결과를 확인하고 abnormal(비정상)한 수치가 보이면 환자에게 바로 전화를 하여 비대면 간호를 실시한다. 그 후에도 상태가 호전되지 않으면 Level D(방호복)를 입고 대면으로 환자를 마주하지만, 대면으로 환자를 마주하는 것은 흔한 일이 아니다. 환자들이 입력한 수치를 보면 지친 업무 중에 웃음이 난다. '체온이 365℃, 혈압이 50/90mmHg, 호흡이 188회' 내게는 익숙한 V/S의 수치들이 누군가에게는 멀고 먼 낯선 이야기들이구나.

---

1) Level D(방호복): 방호복은 4단계 Level이 있으며 Level D는 그중 가장 낮은 등급의 방호복
2) V/S(Vital Sign, 활력징후): 대상자의 체온, 호흡, 맥박, 혈압 등의 측정값

또한, 눈이 아픈 환자, 귀가 아픈 환자 비대면으로 1차 진료를 먼저 하다 보니 환자의 신체를 그렇게 자세히 볼 수가 없다. 눈 대신 코를 보여주는 환자도 있고 환자 본인을 찍어야 하는데 카메라 방향을 잘못하여 화장실을 보여주시는 환자도 있었다. 코로나19는 누군가의 당연한 권리를 빼앗아갔다.

생활치료센터에 입원한 남자환자로부터 전화가 왔다. 같은 날 확진 판정을 받고 노모는 병원으로 자신은 생활치료센터로 왔는데 어머니가 위독하다는 전화를 받았다고 했다. 그에게는 가족이 아무도 없으며 자신 때문에 어머니가 감염되었다고 스스로 자책을 많이 하고 있었다. 어머니를 만나러 갈 수 없으니 너무 지치고 힘들다고 그는 날마다 울었다. 코로나19는 누군가를 스스로 자책하게 했다.

생활치료센터에 입원한 모자가 있었다. 확진일 5일째에 모자는 chest X-ray를 촬영하였고 엄마에게서 폐렴 소견이 나왔다. 생활치료센터의 원칙상 폐렴 소견이 있으면 병원으로 전원이 되어 치료를 이어나간다. 엄마는 아들을 생활치료센터에 혼자 두고 가는 것도 걱정이지만 이곳보다 더 상태가 안 좋은 환자들이 있는 병원에 함께 가는 것도 걱정이었다. 그렇게 모자는 결정했고 엄마는 10살 아들을 혼자 생활치료센터에 두고 병원으로 갔다. 그날은 크리스마스 전날이었다. 코로나19는 누군가를 소중한 사람과 헤어지게 하였다.

이야기는 하지 못했지만 생활치료센터에 입원한 사람들은 많은 사연을 가지고 있었다. 물론 생활치료센터의 입원 기간인 약 10일을 편안한 마음으로 보내는 사람도 있다. 하지만 그렇지 않은 사람들도 있다. 나 또한 처음 겪은 일이고 어떻게 이들을 위로해야 할지 많은 고민을 했다. 늘 그렇듯 병원에서 벼랑 끝의 환자를 붙잡아주는 사람은 간호사라고 생각한다.

작은 설렘을 잃어버려 잔뜩 화려하게 치장한 옷을 입고 X-ray를 찍으러 나온 그녀에게는 길지는 않지만, X-ray 촬영 후 잠시 주위를 둘러볼 수 있는 시간을 제공했다. 일자리를 잃을 뻔한 택배기사에게는 가장 빠르게 코로나19 검사 결과를 볼 수 있게 검사를 진행했고 그는 그날 저녁 업무로 복귀하였다. 비대면으로 진료한 환자들에게는 대면 진료보다 더 섬세히 환자를 사정하고 필요한 부분을 채워줬다. 대면하지 않고 환자의 진술만으로 진료하여 약을 처방한다는 것은 힘든 일이었지만 매일같이 환자의 상태를 확인하고 점점 호전되는 모습을 보며 보람을 느꼈다. 앞으로 더 이슈가 될 비대면 진료를 먼저 경험해 본 셈이었다. '평생 일자리는 잃지 않을 수 있겠구나'라고 생각했다.

코로나19로 인해 많은 자책을 하는 그 환자에게는 전화통화를 통해 심리적으로 안정될·수 있도록 말동무를 해주었고 생활치료센터에서 운영하는 심리지원반을 연결해주어 심리치료를 받을 수 있게 했다. 크리스마스에 혼자가 된 아이를 위해서 외롭거나 무섭지 않도록 매일 통화를 했으며 그 결과를 엄마에게도 매일 전달하였다. 또한, 생활치료센터 자체에서 간호사들끼리 마련한 크리스마스 선물을 아이에게 전달하였다.

    간호사를 직업으로 하여 많은 것을 경험할 수 있었지만 생활치료센터에서 근무하면서 더 많은 것을 경험할 수 있었다. 가끔 TV에서 코로나19 관련 다큐멘터리를 보고 나면 크게 공감이 된다. 그리고 의료진들의 숭고한 희생정신에 나도 모르게 눈시울이 붉혀진다. 코로나19는 끝날 듯하며 아직도 끝나지 않고 있다. 지금이 반 정도 온 건지 아니면 아직 반도 안 온 건지 감도 오지 않는다. 하지만 잊지 말자. 지금이 설령 시작일지라도 우리는 의료진이며 환자를 끝까지 책임질 이들은 우리밖에 없다는 것을. 그러니 지치지 말자. 내가 당신들을 응원하듯이 모든 사람이 우리를 응원하고 있으니까. 이 순간, 코로나19 환자를 보는, 아니 일선의 의료현장에서 근무하는 모든 의료진은 영웅이다.

선별진료소는 내 운명

● 김명희

인제대학교 상계백병원

2020년 2월 24일 상계백병원 선별진료소의 오픈 첫날을 잊을 수가 없습니다.

내과 파트 간호사로 근무를 하며 2015년 여름에 메르스 사태로 선별진료소에서 근무했다는 경험으로 코로나19 선별진료소 근무를 지원했고 메르스 때처럼 1~2달이면 코로나19 역시 끝이 있을 줄만 알았습니다. 코로나19 선별진료소 첫날 아침 8시에 방호복을 입고 저녁 8시까지 근무를 하고, 그 다음 날 몸살처럼 온몸이 쑤시고 미열을 경험하며 코로나19는 메르스와 차원이 다른 전염병이라는 것을 실감했습니다. 선별진료소는 첫날이라 규정이나 지침, 인력 상황 모든 것이 불확실한 상황에서 마감이나 끝도 없이 밀려드는 환자들을 검사와 안내를 하느라 방호복에서는 쉰내가 나고 고글에 고인

땀들이 출렁거려 컴퓨터 화면이 보이지 않아 머리를 좌우로 움직여가며 컴퓨터 업무를 했던, 잊을 수가 없는 끔찍한 경험을 했습니다.

악몽 같은 첫날을 시작으로 병원에서는 선별진료소 인력을 구성하고 업무지침을 정하여 선별진료소 직원들을 위한 환경개선에 주력하고 에어컨과 마이크시스템, 검사실 분리 등과 같이 많은 개선을 하며, 오늘도 선별진료소에서 근무하는 직원들의 편의와 안전을 위해 노력하고 있습니다. 또한, 선별진료소는 외래 직원들에게 더 이상 스페셜한 근무 장소가 아닙니다. 외래 직원 누구라도 선별진료소의 방침을 숙지하고 근무를 할 수 있는 능력을 겸비한 선별진료소 전문가들이 되어 가고 있습니다. 그리고 각자의 특별했던 경험을 공유하고 업무의 개선을 위해 서로 소통해가며 직원들은 서로를 위로하고 다독이며 끝나지 않을 시간을 하루하루 버텨가고 있습니다.

선별진료소에서 근무하다 보면 몸이 힘든 것은 물론이지만 정신적인 스트레스도 만만치 않아 직원들은 우울감을 경험하기도 합니다. 한 번은 당일 코로나19 검사를 하고 익일 코로나19 음성 결과지를 받아 중국으로 출국하는 가족들이 선별진료소에 왔었는데 가족 중 한 명의 검체가 없어져 선별진료소가 발칵 뒤집힌 일이 발생했습니다. 그날 공교롭게 제가 근무했었고 설명했던 가족들이라 검체가 없다는 검사실의 통보를 받자마자 하늘이 노래졌습니다. 당장 출국을 해야 하는 상황의 가족에게 급하게 연락을 하여 사실대로 알리고 가족들의 협조와 검사실의 빠른 검사 진행으로 출국을 시켰던 사건으로 그 이후 선별진료소에 가면 더 긴장되고 스트레스를 받는 것 같습니다. 또한, N95[1] 마스크와 Level D(방호복)를 입고 환자들에게 설명할 때, 의도치 않게 잘 안 들리고 큰 소리로 말하다 보니 불친절하다거나 설명이 부족하다는 민원을 받을 때면 우울감이 더 심해지는 것 같습니다.

덕분에 캠페인은 그야말로 말뿐인 것 같아 더 속상할 때도 많습니다. 검사 빨리 안 해준다고 소리치고, 비용이 비싸다고 난동을 부리면 선별진료소는 그야말로 업무 마비가 됩니다. 정해진 인력이 복불복으로 오는 환자를 응대하다 보니 정신없이 일하고 방호복을 벗으면 가벼워야 할 마음이 더 무거워짐을 느낍니다. 선별진료소에서도 고스란히 감정노동을 하며 매일 아침저녁으로 바뀌는 방역 지침들을 외우고 긴장감 가득한 선별업무 후에는 부서의 밀렸던 일을 해야 하니 몸도 마음도 두 배로 바쁘고 지치는 일상의 연속입니다. 우리 병원을 지키는 최전선인 선별진료소뿐만 아니라 각자의 자리에서 열심히 코로나19에 대응하고 고군분투하며 흘리는 모든 의료진의 피땀이 언젠가는 코로나19 종식이라는 뉴스로 보답을 받을 것이라는 희망을 항상 놓지 않습니다. 코로나19와 싸우는 1여 년간 우리 의료진들이 감염관리에 더 철저해지고 민감해지고 방역이나 위생수칙이 일상이 되게 해준 점은 코로나19의 가르침이라 생각되니

---

1) N95(Not resistant to oil, 95%) 마스크: 기름 성분에 대해 저항성은 없지만 에어로졸을 포함하여 공기 중에 떠다닐 수 있는 0.3μm(마이크로미터) 미세입자에 대해 95% 이상에서 필터링의 효과가 있는 마스크

다. 오늘처럼 비가 내리면 선별진료소 직원의 간호화가 젖을까 봐 걱정되는 제 자신에게 웃음이 나지만, '비 온 뒤 땅이 굳는다'는 말처럼 코로나19가 끝나면 우리 모두 더 굳건해지고 강해질 것이라고 믿습니다.

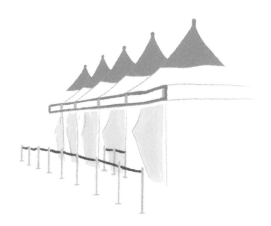

코로나19가
맺어준 인연

● 이순영

강북삼성병원

근무 중 받게 되는 연락. 또 확진자 알림이다. '오늘 오전 9시에 선별진료소에서 검사 진행한 ○○○ 님, 확진이니 참고 바랍니다.'라는 건조한 안내는 이제 무감각해져 버렸다. 그렇게 그냥 지나가다가도 거울을 보고 보호구를 착용하며 다시 느낀다. 내가 코로나19 바로 앞에 서 있다는 것을. 그리고 확진이 된 김 모 씨, 박 모 씨들은 한 사람 한 사람이 누군가의 아버지이고, 어머니이고, 소중한 사람들이라는 것을. 밥벌이로 하는 일처럼 느껴지다가도 또 그냥 직업인의 일상처럼 느껴지다가도 매 순간 정신이 번뜩 들게 되는 날들의 연속이다. 그렇게 스스로와 주변을 다잡으며 매일 새롭게 시작해야 한다.

2020년부터 지금까지 코로나19 팬데믹은 전 인류의 삶을 바꾸어 놓았다. 모두 일상을 빼앗긴 채 하루하루를 살아가고 있고, 우리 의료진들은 최전선에서 그 일상을 되돌리기 위해 애쓰고 있다. 나는 간호교육팀 소속으로 신입 간호사의 현장 교육을 주 업무로 하고 있었지만 선별진료소 간호업무로 파견되어 일한 지 약 반년이 되었다. 선별진료소에서는 역학적 문제로 코로나19 검사를 원하는 내원객들의 검사를 하는 업무뿐 아니라 외래진료 전 코로나19와 유사한 증상이 있는 환자들을 선별하여 간이 진료를 보거나 병원 원내로의 출입이 가능한지에 대한 여부를 확인하는 일을 하고 있다. 병을 치료하거나 불편함을 덜어 주는 일이 아니기에 이 일을 하면서도 가끔씩 얼마나 중요한 일인지 무덤덤해질 때도 있고 열악한 환경으로 몸이 힘들어 예민해질 때도 많다. 더우면 더운 대로 추우면 추운 대로 근무해야 하는 이곳 선별진료소에 근무하면서 생긴 습관은 아침마다 오늘 우리나라의 확진자는 몇 명이나 나왔는지 검색하는 일이다. 우리나라의 방역이 얼마나 잘 이루어지고 있는지 확인하기 위함이 아니다. 확진자의 수를 보면 오늘 내일 내원객의 수를 가늠해볼 수 있기 때문이다.

처음 선별진료소에서 근무하게 되었을 때는 사명감과 자부심에 가득 차 있었던 것 같다. 하지만 그런 동기로만 근무하기에는 예상치 못했던 어려움이 곳곳에 숨어 있어 하나하나 마주할 때마다 간호사로서의 내 모습을 돌아보게 되었다. 특히 본연의 진료 업무보다도 내원객 응대나 병원 출입이 제한되어 상심한 환자들의 불만의 타깃이 되는 것은 생각처럼 쉽지만은 않다. 좋은 컨디션일 때도 그렇지만 그런 일들은 유난히 힘든 날 많이 생긴다. 하긴 고등학교 때도 내

내 일찍 오다가 딱 한 번 지각한 날이 담임선생님께서 무척 화를 내셨던 날이었으니 아무래도 이건 내 팔자인 것 같다. 우리 병원 선별진료소에 근무하는 십여 명의 간호사 중 나를 제외한 대부분은 입사한 지 한 달이 되지 않은 신규간호사들이다. 입사 예정 간호사는 부서에 발령받기 전 선별진료소에서 1~2개월가량 근무를 하게 된다. 물론 희망자들로만 선별진료소에 발령하고 있지만, 많은 신입 간호사들이 선별진료소에서 일을 배우고 선별진료소를 거쳐 우리 병원의 간호사가 된다. 그들과 함께 일하는 나는 어느덧 9년 차 간호사. 어디 가서는 다 아는 양, 어깨와 목에 힘주고 다녀왔던 나도 버거운 날이 많은데 그들은 어떻게 지내고 있을까.

갓 대학을 졸업한 간호사들은 내원객을 응대하는 것도, 코로나19 유사 환자들을 예진하여 의사의 진료 보조를 하는 일도 열심히 해내고 있다. 능숙하게 하는 것이 오히려 이상한 일이지만 적어도 그들은 훌륭히 잘 해내고 있다. 간혹 무례한 내원객들에게 반말을 듣거나 욕설을 듣는 일들도 있지만 정해진 매뉴얼대로 안내하려고 노력하는 간호사들을 볼 때면 고맙기도 미안하기도 하다.

매일 500건이 넘는 검사 업무 외에도 길어지는 대기 시간에 대한 환자들의 불만, 발열이 있지만 검사를 거부하는 환자, 출국을 위한 코로나19 검사를 하는 외국인들, 기침과 호흡곤란을 호소하지만 코로나19 검사 없이 외래진료를 보고 싶다는 환자 등 셀 수 없이 다양한 상황에서 환자들의 응대를 하며 선별진료소를 지키고 있다. 식사를 거르는 일은 다반사이고 심지어 화장실을 갈 시간도 없이 애쓰는 후배 간호사들에게 칭찬과 응원을 해야 하지만 나는 내 몸 하나 추스르기 바쁘다며 모른 척 지나가기 일쑤인 그냥 못난 선배다. 환자들에게 속상한 말을 듣고 터져버린 눈물을 보호구를 벗을 시간이 없어 닦지도 못하고 있는 간호사도 있고 보호구와 마스크 때문에 큰 목소리를 내다 보니 목이 쉬어버린 간호사들도 많다. 그런 모습들을 보며 어떻게 근무환경을 개선해 줄 수 있을까, 어떻게 하면 내 후배 간호사들을 보호할 수 있을지 고민해 보지만 결국 등을 토닥여주는 것이 전부이다.

그래도 힘든 처지를 이겨낼 수 있는 유일한 방법은 '안전한 우리 병원, 서울을 지키는 일'을 하고 있다는 자부심과 사명감이다. 진부하지만 '우리 덕분에 많은 환자가 안전한 환경에서 진료를 보고 있습니다.'라고 힘을 주고받으며 버티고 있다. 아직 병원 전체를 보는 통찰력이 있을 리 없는 병아리 간호사들이지만 병원을, 아니 우리 사회를 지키기 위해 고군분투하고 있다는 것은 생각할수록 뭉클하고 대견한 일이다. 또한 프로세스와 업무 매뉴얼을 항상 메모하고 질문하고 열심히 공부하는 모습도 어느덧 느슨해진 선배에게 좋은 자극을 주었다.

페이스 쉴드에 김이 서리고 땀으로 푹 젖은 마스크를 쓰고도 "괜찮습니다!"라고 씩씩하게 대답하는 간호사들. 검사가 무서워 울고 있는 어린이에게 장갑에 토끼와 자동차 등을 그리면서 달래 가며 검사를 진행하고 거동이 불편한 환자들의 문진표 작성을 돕고 부축해서 대면 검사를 하는 모습은 그들이 마땅히 해야 하는 일이지만 한편으로는 감동을 주는 장면이다.

지난 5월 스승의 날. 내 스승도 못 챙기는 나에게 함께 근무하는 병아리 간호사들이 케이크와 편지를 선물로 주었다. 지도하고 가르쳐준 것에 대해 고마움의 표현이라고 하는데, 정작 나는 그들에게 너무 부족한 선배인 것만 같아 민망함에 눈물이 나왔다. '우리의 첫 스승.'이라는 글씨가 케이크에 있었다. '스승? 내가 스승이라니. 오히려 너희들에게 내가 많이 배웠다고.'

선별진료소에 근무하면서 50명이 넘는 신입간호사과 함께했다. 만약 이곳으로 파견 오지 않았다면 그들은 내게 또 나는 그들에게 어떤 존재였을까? 선별진료소 근무는 쉽지 않다. 하지만, 그 힘든 것보다 더 많은 것들을 내게 알려주었고 앞으로의 병원 생활에 큰 도움이 되리라 생각한다. 아마 내 간호사 생활에 두고두고 떠오를 큰 자랑거리가 되었다는 생각이 든다.

항상 긴장감이 감도는 선별진료소. 코로나19의 최전선에 선 우리는 바이러스가 들어오지 못하는 보호구와 마스크 안에서 지내고 있지만 고마움과 사랑 그리고 존경을 나누며 오늘도 이곳을 지키고 있다. 그리고 오늘도 가족과 친구 그리고 사회를 지키고 있다. 마음에는 모두 사명감과 자부심을 가득 채우고.

어느 간호사의 코로나19 일기

● 이지원

서울특별시 보라매병원

3월의 어느 날이었다.

　평소처럼 이브닝 출근 전 점심을 먹고 있는데, "우리 병동이 코로나19 격리음압병동으로 바뀝니다."라는 공지를 받았다. 가슴이 마구 두근거렸다. 병동에서 간호사로 일한 지도 6년째라 웬만한 병원 일로는 놀라지도 않았었는데. 뉴스에서만 본 Level D(방호복)를 내가 입게 되는구나. 환자들을 돌보다 내가 오히려 코로나19에 걸리면 어떡하지, 나 때문에 우리 가족이 걸리면 어떡하지… 하며 겁이 났다.

　한편으로는 한 명의 간호사로서 코로나19 바이러스 감염환자를 경험하고 간호해보고 싶다는, 지금 생각해보면 무척 무모한 생각이 들기도 했다. 머리가 있는 대로 복잡해져서는 밥이 어디로 들어가는지, 무슨 맛인지도 모르겠고 그저 정신이 하나도 없는 상태로 출근했다. 곧이어 우리 병동을 음압병실로 만들기 위해 환자들을 다른 병동으로 나눠서 전동을 보내고, 퇴원을 시키고, 모든 환자가 다 나가서 병동이 텅 비었다. 이렇게 조용하고 텅 빈 병동이라니. 6년 넘게 일한 곳인데도 낯설게 느껴졌다.

그리고는 뚝딱뚝딱 금세 음압병실이 준비되어 2020년 3월 15일, 우리 병동이 코로나19 병동으로 다시 태어났다. 단 한 명의 환자도 없어 어색한 공기가 흐르는 병동에 다 같이 모여 물품을 준비하고, 보호구 착탈의법 교육도 받았다. 병실 안에 하나라도 부족한 게 있을까 싶어 첫 환자가 입원하기 전에 물품을 가득가득 채워놓아야겠다며 다들 분주하게도 움직였다. 환자가 입원할 때의 동선, 응급상황에는 어떻게 대처를 할 것인지, 추가 물품은 어떻게 전달할 것인지 등 다시 신규간호사가 된 것처럼 시뮬레이션도 하고, 머리를 맞대고 상의하며 열심히 준비했다.

드디어 우리 병동에 첫 환자가 입원했다. 50대 남자환자였다. 병실에 들어가니 마음고생이 심하셨는지 슬쩍 눈물을 훔치셨다. 본인이 코로나19에 걸려 아들들도 출근을 못 하고 있다며, 본인이 얼른 나아서 퇴원해야 자녀분들도 출근할 수 있다고 하셨다. 빨리 낫고 싶다며 자리에서 운동도 하시고, 식사도 열심히 하셨는데 열이 내리지 않고 환자 상태는 나빠지기만 했다. 우리 아빠 같아 마음이 아파서, 괜히 말 한마디 더 걸고 어색한 위로를 건네기도 했다. 이분은 결국 중환자실에서 기계호흡치료를 받으셨고, 중환자실을 나오셔서도 한참 뒤에야 겨우 퇴원하실 수 있었다(당시에는 코로나19 확진 후 격리 해제가 되려면 PCR[1]에서 2번 연속 음성 결과가 나와야만 했다.)

　Level D(방호복)를 입고 환자를 돌보는 것도 익숙해진 7월에는 서울시의 일별 확진자 수가 3명까지 줄기도 했다. 이제는 코로나19가 끝나나 보다. 다시 예전의 일반 병동으로 돌아가려나 보다 했다. 여름휴가를 가 볼까 하는 생각에 설레기도 했다. 그리고 광복절 집회가 열렸다. 기껏해야 하루 20명 내외던 서울시의 확진자 수가 150명 정도까지 늘었다. 그동안 우리 병동에 입원하던 코로나19 확진자들은 대부분 해외입국자로 유학생이거나 젊은 사람들이 많았었는데, 갑자기 어르신들이 입원하기 시작했다. 알약을 하나씩 입에 넣어드리지 않으면 안 드시는 어르신, 열면 안 되는 음압병실의 문을 열고 병동을 배회하는 어르신들이 입원했다.

　병동은 순식간에 아비규환이 되었다. 서울시에 확진자 수가 갑자기 너무 늘어 일반 병동이던 다른 병동도 격리음압병실로 만들기 위한 공사가 진행되었고, 처음으로 음압격리병동에서 근무하게 된 간호사들이 긴장한 채로 우리 병동에 와서 격리환자를 간호하는 방법을 배우기도 했다. 확진 환자들의 연령대가 높아지며 고혈압, 당뇨 등의 기저질환이 있는 환자가 입원했고, 병실마다 산소치료를 받

---

1) PCR(Polymerase Chain Reaction, 중합효소연쇄반응): DNA의 원하는 부분을 복제 · 증폭시키는 분자생물학적인 기술

는 환자들로 가득 찼다. 매일 새로운 중환자가 생겨 전원을 보냈고, 겨우 숨을 돌릴까 싶으면 새로운 환자들이 물밀 듯이 들어왔다. 매일 오늘은 또 무슨 일이 생길까 걱정되는 마음으로 출근을 했다. 날은 또 어찌나 더운지, Level D(방호복)와 N95마스크 속에 땀이 흘렀다. 아직도 할 일이 많이 남았는데 숨이 너무 차고 두 겹으로 낀 장갑 속, 심지어 속옷까지도 땀으로 축축해져서 환자들에게 "저 잠깐만 나갔다가 다시 들어올게요" 하고는 뛰쳐나와 차가운 물 한잔 얼른 마시고 다시 들어간 적도 여러 번이었다.

환자 상태는 나쁜데, 너무 힘들어서 나왔다는 후배는 속상한 나머지 간호사실에서 엉엉 울고는 다시 들어가기도 했다. 어느 날에는 환자 중증도가 너무 높아 정말 N95마스크로는 도저히 오래 버틸 수 없을 것 같아 다 같이 PAPR[1]을 착용하고 들어간 적이 있었다. 금방 못 나올 걸 알고 들어갔는데, 오래 버티겠다고 다짐을 하고 들어갔는데, 계속되는 일들에 정말 격리구역에서 나갈 수가 없었다. 병실에서 겨우 나와 복도에서 만난 후배를 다독이려 했는데, 힘들다는 말도 차마 못 하고 울고 있었다. 보호구를 입고 있어서 눈물을 스스로 닦을 수도, 내가 닦아 줄 수도 없어서 "이제 그만 나가자"라고 하고 싶은데, 어떤 말도 할 수가 없었다.

참 신기하게도 비 오듯 땀 흘리는 것이 어느 순간 적응이 되었다.

---

1) PAPR(Powewed Air Purifying Respirator, 전동식호흡보호구): 모터가 장착된 전동식 호흡보호구

격리구역에서 나와 보호구를 벗고서는, "저 안에 비가 많이 오더라고요.", "저 바지에 오줌 싼 거 아니에요!" 하면서 땀으로 흠뻑 젖은 유니폼을 보고 다 같이 웃고 농담을 하는 날도 있었다. 병실 밖 복도에서 Level D(방호복)를 입은 사람을 마주치면, 주치의든, 교수님이든, 영상기사든 할 것 없이 아주 오랜만에 만난 친구에게 하듯 반갑게 인사도 하고 때로는 투덜대기도 하며 서로를 의지하며 일하게 되었다. 사람은 정말 적응의 동물이 맞는 것 같다.

날이 조금씩 선선해지던 9월, 서류심사와 면접을 통해 나는 우리 병원에 입원하는 코로나19 환자들과 선별진료소를 관리하는 코로나19 관련 임시조직인 '재난의료총괄팀'으로 부서이동을 하게 되었다. 사회생활을 한 지도 벌써 6년이 넘어가는 나는 부끄럽지만, 환자를 직접 돌보는 간호사 일 말고는 다른 일은 해본 적이 거의 없었는데도 용감하게 지원을 했고, 정말 감사하게 합격이 되었다.

그리고는 나에게 새로운 세계가 열렸다. 밤낮없이 메신저의 병상배정방에 쏟아지는 환자들의 정보를 보고 환자의 입원 여부를 결정하였으며, 입원한 환자들의 상태를 매일 확인하고 여러 정부 기관에 보고하는 일, 선별진료소를 관리하는 일을 하게 되었다. 나는 수년을 일해온 이 병원에서 갓 입사한 신입사원이 되었다. 이 사람, 저 사람에게 물어보고 처음 해보는 새로운 일들을 배우게 되었다. 어느 날에는 정말 신규간호사처럼 어이없는 실수를 하기도 하고, 어려운 일을 같이 일하는 선생님의 도움으로 겨우겨우 해내는 날들이 계속

이어졌다.

재난의료총괄팀으로 출근하기 시작한 후에도 정말 많은 일이 있었다. 요양병원과 정신병원에서 발생한 코로나19 집단 감염으로 한꺼번에 여러 명씩 입원 의뢰가 들어왔다. 특히 간호 요구도가 높은 와상, 치매 환자들이 우리 병원에 입원해야 할 때는 내가 떠나온 병동에 남아있는 의료진들이, 식구들이 얼마나 고생할지 너무나 눈에 선해서 속상하고 미안했다. 한 후배는 나에게 꼭 이상한 환자만 데려온다면서 장난치듯 탓했는데 그 말에 섭섭해지는 내가 싫어지기도 했다.

그렇게 힘들고 바쁘게 일하던 어느 날에는, 코로나19 확진으로 치료를 받고 퇴원했다는 어떤 유명인이 TV프로그램에 나와 "어떤 간호사님이 제가 입원할 때 참 친절하게 맞아줬어요."라는 말을 했는데 알고 보니 그게 나였다. 그렇게 친절하게 해드리지도 않았던 것 같아 죄송하기도 하고 TV에서 내 얘기를 했다는 것이 괜히 민망하기도 했지만 그래도 정말 감사했고 덕분에 힘도 났다. 다시 잘해보자며 스스로 격려하고, 또 일하는 걸 반복하다 보니 시간이 참 빠르게도 흘러 그렇게도 서툴렀던 이 일에 나름대로 또 익숙해지게 되었다.

지난겨울은 유난히 눈도 많이 오고 날도 추웠는데, 어느새 새해가 밝고 새싹이 텄다. 드디어 화이자, 모더나 등의 제약회사에서 백신을 개발하여 접종을 시작한다는 소식이 들려왔다.

우리나라에서도 의료기관 종사자 백신 접종을 시작으로 이제는 중장년층 접종이 진행 중이다. 이스라엘이나 미국과 같은 접종 완료자가 많은 나라에서는 마스크를 벗기로 했다는 기쁜 소식이 들려오는 한편으로는 델타 변이바이러스 등 여러 변이바이러스 관련 문제와 백신 접종 완료자도 감염되는 이른바 돌파감염 사례와 관련된 뉴스가 매일 쏟아진다. 도대체 코로나19는 언제 끝나? 우리는 습관적으로 말하곤 한다. 언제 끝나서 마스크도 벗고 해외여행도 가냐고. 아마 쉽게 끝나지는 않을 것 같다. 하지만 우리는 역사에 길이 남을 팬데믹을 잘 버텨냈고, 잘 이겨냈고, 성장하였다. 또다시 대유행이 올지도 모르겠다. 어쩌면 이미 대유행이 시작되는 중일 수도 있다. 끝이 보이지 않는 이 상황이 힘들고 버거워서 그만두고 싶은 의료진들도 많을 것이다. 그렇지만 나 같은 평범하고 부족한 간호사도 코로나19 음압격리병동에서 환자를 간호했고, 지금도 코로나19와 관련된 새로운 업무들을 배워나가고 그 추웠던 겨울을 견뎌냈다고 알려주고 싶다. 분명히 나도, 코로나19 바이러스와 싸우는 모든 의료진도 끝까지 잘 해낼 것이라고 말하고 싶다.

또다시 찾아올 내일 아침엔 오늘 하루도 잘 보낼 수 있다고 스스로 다시 한 번 다독이며 출근해야겠다.

아~ 옛날이여!

● 김민자

인제대학교 상계백병원

"코로나19? 코로나19가 뭐야?"

갑자기 우리 생활 속에 깊숙이 자리 잡은, 지금은 너무도 익숙한 단어 코로나19. 2020년 1월 갑작스레 우리 곁에 다가온 코로나19라는 친구. '메르스 때처럼 몇 개월만 고생하면 우리는 다시 일상으로 복귀하리라.' 예측하며 다가간 그 친구는 너무도 오랜 시간 우리 곁을 맴돌고 있다. 선별진료소를 꾸리고, 당직자를 편성하고 한 달만, 두 달만 하던 시간은 속절없이 지나갔다.

"2020년 이 해를 넘기면!"

"2021년 새해가 밝아 오면!"

"백신이 만들어지기만 하면!"

기다린 시간이 1년하고도 6개월이 되었다. 영화 같은 일상이 점점 눈앞에 펼쳐지면서, 지금은 영화같이 느껴졌던 일들이 현실이 되었다. 뜻있는 연예인이 사비를 들여 마스크를 나눠주고, 마스크를 사기 위해 주민등록번호 끝자리 해당 날짜에 약국 앞에 줄을 서고, 이 와중에 싸우고 시비가 붙고, 마스크 구하려고 007작전을 하던 시간이 벌써 언제인가 싶다. 병원 문 앞은 큰소리치면 되는 시절의 사람들이 들여 보내주지 않는다며 소란을 피우고, 경찰이 출동하고, 고래고래 소리 질러도 안 되는 건 안 되는 거라는 걸 깨닫기까지 많은 사람이 부딪치고 다치고. TV 속 전국 노래자랑의 송해 아저씨는 더 이상 보이지 않으며 배달의 상징 오토바이는 점점 늘어만 가는 불편한 진실들. 2주마다 검사하며 "오늘은 오른쪽 코요, 왼쪽 코요." 하며 엄살을 피우는 직원에게는 아기 다루듯 달래주며 검사를 하던 일도 이제는 2차 접종까지 마친 상태로 마스크를 벗을 수도 있다는 작은 희망을 품기까지.

참 많은 일이 있었던 것 같다. 코로나19 지침 안내문이 덕지덕지 붙어있는 선별진료소, 작은 게이트 창문 사이로 오래간만에 보는 파란 하늘과 살랑거리는 바람이 마냥 설레게 하는 오늘. 평범하기만 했던 예전의 일상을, 마스크 벗고 이야기하던 그 시간을 감히 꿈꿔본다.

쾅! 쾅!

"접수 시작 언제부터요?"

게이트 창문을 열며 인상을 찌푸린 아저씨를 맞이한다.

"아~ 옛날이여!"

2부

모든 변화를
수용하리라

더욱 더 빛나는
별이 되어주세요

● 이민주

서울아산병원

"제가 손잡아드릴게요. 아드님과 따님이 직접 잡아드리는 손은 아니지만, 저희의 손길에서 그 따스함을 느끼시길 기도해요."

이중장갑을 낀 손의 온기가 행여나 차갑게 여겨지실까, 장갑 위의 알코올이 마르기를 기다렸다가 살며시 손잡아드렸다. 모든 환자가 수면하는 나이트근무이지만, 병동의 모든 간호사의 눈은 자꾸만 한 병실의 CCTV 화면과 심전도, 산소포화도, 혈압을 나타내주는 모니터를 흘끗거렸다. 정상범위를 벗어났다는 모니터의 빨간 알람이 불 꺼진 병실을 깜빡깜빡 비추었고, 그 불빛에 침대 발치의 가족사진이 반짝반짝 희미했다. 환자의 가늘게 뜬 눈이 사진을 보는 것만 같았고, 마치 마지막까지 가족과 함께 있고 싶다는 마음을 대변하는 듯하였다. 나도 모르게 "제가 옆에 있어 드릴게요."라고 말했다. 그리고는 카트를 끌고 환자의 병실로 들어가 침대 옆에 카트를 두고 의자에 앉았다.

환자는 10년 전 담도암 진단을 받고 PPPD[1]수술 및 간경화로 인한 증상조절 중인 할머니였다. 기저질환인 당뇨가 조절되지 않아 올해 4월에 보존치료를 위해 입원한 당일 호흡부전이 발생하였고, 호흡부전의 원인이 코로나19 바이러스로 인한 폐렴으로 밝혀진 후 확진자 전담 격리병동으로 오셨다.

질병으로 인한 불량한 영양 상태와 고령의 나이에 견딘 치료들은 작고 가냘픈 할머니를 더 왜소하게 만들었고 온몸의 뼈들이 튀어나와 곳곳에 욕창이 자리하고 있었다. 기저질환과 좋지 못한 몸 상태 때문인지 할머니의 몸은 코로나19 바이러스를 견디기에는 너무 약했고 매일 검사하는 X-ray에서는 점점 더 하얗게만 변해가는 폐 사진이 보였다. 고유량의 산소치료에도 반응이 없자 담당 의사는 중환자실 치료를 받아도 회복의 가능성이나 연명에 큰 의미가 없다는 사실을 이야기하였고, 결국 자녀들의 동의를 얻어 POLST[2]를 작성하였다. 그날, 나이트근무를 출근하고 점차 혈압과 산소포화도가 떨어

---

1) PPPD(Pylorus Preserving Pancreatico Duodenectomy, 유문보존 췌십이지장 절제술): 위하부(전정부, 유문부) 그리고 십이지장이 시작되는 부분을 보존하는 이자샘창자절제술
2) POLST(Physician Oreders for Life Sustaning Treatment, 연명의료계획서): 말기나 임종과정에 있는 환자가 담당의사와 상의해 연명의료 유보, 중단에 대한 의사를 남겨놓는 것

지고 있다는 이야기를 이브닝근무 선생님에게 인계받았다. 주기적으로 욕창을 소독하고 관절 운동을 시켜드릴 때마다 힘들다고 말씀하시던 할머니의 목소리를 이틀 동안 듣지 못하고 있었다.

"선생님, 보호자 분들이 CCTV 보시면서 면회하러 오셨어요. 병실의 전화기를 환자 귀에 대어주실 수 있으세요?"

어쩌면 마지막 인사였다. 나는 침상의 수화기를 들어 할머니의 귀에 가만히 대어드렸다. 아들과 딸들의 흐느끼는 소리가 선을 타고 고스란히 전해지는 듯했다. '사랑했어요', '죄송해요', '고맙습니다'라고 마음을 말하는 이야기가 반복되고, 그렇게 통화가 끝날 때까지 손잡아드렸다. 인사를 마치고도 보호자 분들은 쉽게 자리를 떠나지 못했다. 낯선 보호장구를 착용하여 답답하고 땀이 맺힐 텐데도 한 번만이라도 만져볼 수 없냐고 재차 물어보셨다. 그 애타는 마음들을 알지만 애써 밀어내며, 수화기를 타고 넘어오는 눈물들에 고개를 숙일 수밖에 없었다.

나는 종양내과에서 근무하던 간호사였다. 말기 암 환자들과 신규간호사 시절부터 10년 차 간호사가 될 때까지 함께 웃고 울었다. 10년이란 시간 동안 담당 환자들의 수많은 죽음을 경험하면서 '이제는 죽음이 무뎌지지 않았냐'라는 질문이 가장 싫었다. "죽음이란 것은 언제나 마음 아픈 것이다. 그 상황이 익숙해질 뿐이지, 생명이 스러져

가는 것을 옆에서 지켜보는 것은 언제나 아리다."라고 이야기했었다. 하지만 코로나19 확진자 격리병동에서 내가 경험한 죽음은 몇 번이고 그 상황조차 익숙해지지 않는다.

'사랑하는 가족들을 멀리 두고 혼자 맞이하는 죽음이 이런 느낌일까?', '한 생명의 존엄한 죽음을 이렇게 안타깝게 보내도 될까?', '마지막 순간을 옆에서 지켜드리지 못한 가족들의 마음을 어떻게 가늠할 수 있을까?' 몸에 주렁주렁 매달려있는 관들을 빼지도 못한 채, 몸을 깨끗이 씻겨드리지도 못하고, 마치 물건을 포장하는 것처럼 비닐백에 싸서 묶고 시신 백에 이중으로 담아 옮길 때면 내가 죄를 지은 것 같은 죄책감이 들었다. '가족분들이 이런 모습을 보면 너무 슬퍼하실 텐데….'

코로나19 확진 환자는 사망 시 바로 장례 절차를 치를 수 없다. 가족들은 CCTV로 사망 선언을 보고, 환자를 어루만지기는 커녕 옆을 지킬 수도 없다. 병원에서는 관할 보건소에 신고하고, 환자는 체액으로 인한 감염 전파의 위험성으로 몸에 연결된 갖가지의 카테터와 튜브를 빼지도 못한다. 체액이 흐르거나 분비물이 나올 수 있어 신체의 모든 구멍은 거즈로 막는다. 각종 처치로 인하여 더러워진 모습을 정리해드리지도 못한 채, 비닐백에 꽁꽁 싼 다음 겉면을 락스로 닦고 시신 백에 이중으로 봉한다.

시신 백에 난 작은 비닐 창을 통하여 가족들은 멀리서나마 얼굴을 확인한다. 국가가 지정한 화장장에서 시신을 먼저 소각하고 나서야 환자는 봉인된 한 줌의 재로 가족들을 만나고 장례를 치를 수 있다. 코로나19 확진 환자들의 임종간호를 수행하면서 많은 간호사가 충격을 받고 아파한다. 끌어안고, 어루만지며 사랑하는 사람들이 슬퍼하며 떠나보내는 모습이 아닌, 내가 담당했던 환자의 마지막 순간을 고귀하게 보내기 위해 정성을 다하여 닦고, 옷을 갈아입히고, 그동안 괴롭혔던 튜브를 조심히 제거하고, 베개피를 말아 벌어진 턱 밑을 고이고, 깨끗한 모습으로 보내드리는 시간이 아닌 것에 대한 자책감일 것이다.

"○○○ 님, 2021년 4월 ○일 사망하셨습니다." 결국, 할머니는 내가 옆에서 지켜보고 있는 동안 서서히 산소포화도와 혈압이 떨어졌다. 나는 심전도 모니터의 마지막 파형이 멈춘 그 시간을 확인하였다. 사람의 청각은 제일 마지막까지 살아있는 감각이라고 한다. 담당 환자를 보낼 때마다 오열하는 가족들에게 "지금도 듣고 계세요. 편안히 가실 수 있도록 사랑했다고, 고마웠다고, 걱정하지 말라고 많이 말씀해주세요."라며 내가 제일 먼저 했던 말이기도 하다. 그리고는 나도 '이젠 아프지 마세요. 하늘에서는 편안해지세요. 고생하셨습니다.'라고 되뇌었었다. 하지만 할머니는 그렇게 소곤거려줄 수 있는 가족들이 옆에 없었다. 혼자 누워있는 1인실 격리병실이 외롭지 않도록, 혼자 가는 그 길이 무섭지 않도록 작고 잔잔한 음악을 틀었다. 그리고 "그동안 고생하셨습니다. 자녀분들이 지금 와 계세요.

많이 사랑하셨을 거예요. 많이 감사하셨을 거예요. 걱정하지 마시고, 하늘에서는 아프지 마시고 편안해지세요."라고 말씀드렸다.

할머니의 소지품을 정리하다가 침상 발치에 붙어있는 가족사진에서 손이 멈췄다. 제일 마지막까지 할머니의 눈길이 갔던 자리였다. 통상 환자의 소지품은 최소화하여 소독 및 이중포장 후 반출, 보호자에게 인계하게 되어있다. 나는 스테이션에 있는 동료에게 사진을 할머니의 손에 쥐여드려도 되냐고 가족분들께 여쭤볼 수 있는지를 물어보았다. 할머니가 환하게 웃고 계시는 가족사진을 소각해도 되는지에 대한 의미였다. '괜찮다'라는 답변을 들은 후 나는 시신 백의 비닐 창 부분에 할머니의 양손을 모으고, 그 사이에 사진을 놓았다. '가족들과 함께 가시는 길이라고 생각하셨으면' 하는 바람도 있었지만, 자녀분들이 나중에 할머니를 확인하러 시신 백의 창을 보았을 때 손에 들려있는 가족사진을 보며 죄송스럽고 황망한 마음을 조금이나마 덜어내셨으면 하는 간절한 염원이었다. 어느새 창가에는 새벽 동이 트고 있었다.

할머니가 가신 빈 침상을 치우고 병실을 정리하면서 코로나19 치료를 받으시다가 운명하신 분을 처음 간호했던 순간이 떠올랐다. 절차와 규정을 재차 확인해가며 눈과 손은 움직이고 있었지만, 눈길과 손길은 자꾸만 환자분을 보고 있었다. 지침대로 과정을 수행하면서도 애통한 마음을 떨칠 수 없었고, 편안하고 존엄한 임종을 도와드리지 못했다는 생각이 컸다. 전국적인 재난 상황에서 의료진으로서 감염 전파를 방지하기 위해 필수적인 조치임을 머리로는 이해하고 있었으나 마음으로는 자꾸만 죄송스러웠다. 땀으로 젖은 수술복과 답답한 Level D(방호복), 귀에서 윙윙 울리는 호흡보조장치의 소음조차 느껴지지 않았다. '그분도 혼자인 그 길이 무섭고 외로우셨을 텐데.'

얼마 전, 코로나19 바이러스를 이기고 건강히 퇴원하신 분이 간호사들에게 고마움을 전한 메모에는 '더욱더 빛나는 별이 되어주세요.'라고 적혀있었다. 반짝이는 별이 되어 사람들의 마음에서 빛이 되어 달라는 짧은 글귀를 읽으며 '우리 모두 저마다의 별이 아닐까'라는 생각이 들었다. 크기도 다르고 색도 다양한 각자의 빛을 내는 별을 보고 있자면 마치 혼자만 있는 것이 아니라는 듯, 서로가 서로에게 희망이 되어주는 느낌을 받는다. "사람은 죽으면 하늘로 올라가 별이 된대." 어릴 적 들은 동화의 이야기처럼 나는 우리 손으로 보내드린 모든 분이 밤하늘의 반짝이는 별이 되셨으면 한다. 하늘에서만큼은 넓고 자유롭게, 멀리까지 빛을 내는 별처럼 오시기를 소망한다. 더욱, 더 빛나는 별빛이 되어 가족들의 별에도 빛을 비추시고, 우리의 마음에도 따뜻한 별빛으로 남아주시기를 소원한다.

전지적 '코로나' 시점

이화여자대학교 의과대학 부속 목동병원

3인칭에서 1인칭 시점으로

코로나19로 인해 외출도, 여행도 자유롭지 못하게 되면서 요즘은 판타지 소설을 열심히 읽고 있다. 그중에서도 '전지적 독자 시점'이 라는 소설을 특히 즐겨 읽고 있는데, 평균 조회 수 1.9건에 불과한 '멸망한 세계에서 살아남는 세 가지 방법'이라는 웹소설의 독자였던 '김독자'가 소설 속 세계에 갑자기 휘말리게 되면서 시작되는 이야기 이다. '김독자'는 등장인물 중 '멸살법'을 유일하게 완결까지 독파한 존재로, 그 전지적 정보의 힘을 바탕으로 예정된 결말을 바꾸기 위 해 위기에 맞서 고군분투하는 내용을 담고 있다.

2020년 코로나19 유행이 처음 시작되었을 무렵 나는 소설에 직 접 등장하기 전 '김독자'처럼 3인칭 시점의 관찰자에 불과했다. 의료 현장 일선에 몸을 담고 있다 보니 아무래도 일반인들보다 영향을 더

받기야 하겠지만 대학원의 역학, 보건학 수업에서 들었던 그리고 현장에서 몸소 겪었던 여타의 신종 감염병처럼 때가 되면 점차 잦아들 거라고 안일하게 여겼다. 내가 3인칭 시점의 관찰자에서 1인칭 시점의 등장인물로 역할이 돌변하게 될 거라고는 꿈에도 생각하지 못하고 말이다.

'코로나'라는 마물

판타지 소설에는 온갖 종류의 마물이 등장한다. 공통점이 있다면 하나같이 상상을 초월하는 파괴적인 힘을 가졌다는 점이다. 어떤 정체성을 지니고 있는지, 약점은 무엇인지, 어떻게 싸워야 하는지, 가진 힘의 끝은 어디일지 도저히 알 수 없던 코로나19의 등장으로 일상은 빨리 무너졌고 이에 대응해서 일상을 지켜내려는 인간들의 힘은 너무나도 미약했다. 결국, 극복하는 것만이 능사가 아니라 참고 견디고 버텨서 적응이라고 부를 수 있을 만큼 익숙해지는 단계에까지 도달했다. 개인의 이동과 모임이 제한되지 않았던 이전의 삶이 가물가물하다. 마스크를 벗고 있는 옛날 사진이 어색할 지경이다. 내 삶은 코로나19로 인해 많은 것들이 변하였다.

최고의 변화는 코로나19 중증환자 전담치료병상 운영을 담당하게 되었다는 점이다. 내가 근무하는 병동은 2020년 6월에 운영을 막 시작한 신생 병동이었다. 본관이 아닌 별관에 위치한 유일한 병동이라는 점, 여러 부서의 간호사들이 새롭게 하나로 모인 덕에 다른 일반병동에 비해 중환자실 경력 간호사의 비중이 다소 높았다는 점, 동일 건물 1층에 별도의 CT[1]실이 있었다는 점 등 유리한 조건이 많았다. 그것으로 모든 문제가 해결된 것은 아니지만 말이다.

길을 만들어가는 과정

처음에는 그저 막막하기만 했다. 코로나19 확진자를 지척에서 돌봐야 한다는 불안과 두려움은 기본이었고, 같이 사는 가족들에 대한 염려, 특히 고령자나 어린아이, 고3 수험생을 동거 가족으로 둔 부서원들에 대해서는 한 병동의 파트장으로 책임과 부담을 느끼지 않을 수 없었다. 내 능력 부족으로 환자와 보호자, 부서원들, 타 직종 종사자들의 안전에 위해가 가해지는 상황만큼은 피하고 싶었다. 막막함을 구체화시켜서 내가 할 수 있는 최선의 해결을 해야 했다.

가장 먼저 한 일은 타 병원 견학이었다. 지금도 감사한 마음을 금치 못한다. 그 견학과 조언의 기회가 없었더라면 시작할 엄두도 내지 못했을 것 같다. 구체화된 그림을 토대로 일반 병상에서 코로나19 중증환자 전담치료 병상으로 거듭나기 위한 시설 공사가 시작되었다. 코로나19 중증환자 간호를 해야 하다 보니 Level D(방호복) 및 PAPR 착탈의 등의 감염 교육을 비롯하여 병동 간호사에겐 낯선 인

----

1) CT(Computerized Tomography, 컴퓨터 단층 촬영): 여러 방향에서 찍은 엑스선 영상들로 단면의 영상을 복원하는 방식의 단층촬영기술

공호흡기, CRRT[1]등의 교육도 중요했다. 필요한 장비와 물품도 서둘러 구비하고 있어야 했다. 여러 부서의 전적인 지원과 도움, 협조가 없었더라면 가능하지 않았을 것이다.

'예상하지 못했던 어려움이 앞으로도 계속 닥쳐올 것'이라는 조언이 가장 기억에 남는다. 산 넘어 산, 마치 도장 깨기를 하는 것 같이 하루하루 위태롭고 지치고 힘든 날들의 연속이었다. 그러나 코로나19 전담병상을 운영한 지도 어언 10개월, 눈앞의 문제를 하나둘 해결하며 꾸역꾸역 앞으로 나아가 보니 벌써 이만큼이나 와 있다. 앞이 전혀 보이지 않고 황무지 같던 곳에 어느새 길이 만들어지고 있었다.

의지할 수 있는 동료들

혼자 가는 길이라고 생각했는데 정신을 차려보니 하나둘 여정에 합류한 동료들이 훌륭한 '한 팀'을 이루어내고 있다는 판타지의 법칙처럼 우리 병동도 언젠가부터 하나의 팀으로 각각의 팀원들이 각각의 역할을 일사불란하게 수행하고 있었다. 좌충우돌하던 시기를 지나서 척 하면 척, 합이 맞는다는 게 이런 건가를 느끼는 중이다. 이렇게 되기까지 순탄하기만 했던 건 아니다. 시설과 장비와 물품의 조달도 결코 쉬운 일은 아니었지만 그래도 물리적인 노력과 지원으

---

1) CRRT(Continuous Renal Replacement Therapy, 지속적신장대체요법): 손상된 신기능을 대체하기 위한 치료법으로 치료 기간을 연장해 연속적으로 적용하는 체외순환 혈액 정화 방법

로 기한 내에 대부분 완수할 수 있었다. 그러나 인력 문제는 그렇게 간단할 수가 없었다. 코로나19 중증환자를 간호하는 간호사들의 불안 해소를 위한 노력은 언제나 역부족이었다. 당장 중환자실 경력의 간호사가 부족했고, '코로나19 확진자'라는 부담 위에 '중환자 간호'라는 부담을 얹는 것에는 수많은 시행착오가 필수였다.

처음에는 Intubation(기관내삽관)만 한다고 해도 조마조마하더니, 다음에는 Tracheostomy(기관절개술)를 한다고 해서, CRRT를 한다고 해서, ECMO[2]를 할 수도 있다고 해서, 불안의 폭은 점점 더 커졌다. 지금 와서 생각해보면 그 일련의 과정은 간호사들이 해낼 수 있는 간호 역량의 영역을 점차 확장시켜 나가는 과정이기는 했다. 중환자실 파견이나, 추가 교육 등을 시행했어도 충분하게 여겨질 정도는 되지 못했고, 음압격리병실이라는 제한된 환경도 어려움을 가중했다.

중증환자 병상으로 운영을 하다 보니 환자분들의 상태가 급격하게 악화되는 경우도 많았다. 이러한 좋지 않은 예후는 환자의 하나에서부터 열까지, 신체적인 부분뿐만 아니라 심리적인 부분까지 적지 않게 개입하고 이입해서 간호했던 간호사들의 사기를 떨어트리기도 했다.

간호사의 손길이 닿지 않으면 해결되지 않는 일도 수두룩했다. 간

---

2) ECMO(Extra Corporeal Membrane Oxygenation, 체외막산소요법): 환자의 정맥혈을 뽑아내어 산화기를 통과시킨 후, 혈액에 산소를 공급하고 환자의 순환 및 호흡 기능을 보조하는 장치

호사가 왜 이런 일까지 해야 하냐고 할 법한 많은 일이 상당 부분 간호사들의 차지가 되었다. Level D(방호복)를 입고, 무거운 PAPR을 허리에 차고, 몸과 마음이 버거웠을 그 모든 일을 환자와 가장 가까운 곳에서 책임지고 감당하며 여기까지 잘 따라와 준 간호사들에게 감사함을 느낀다.

'전지적 코로나 시점'으로 '아카이빙' 하기

'1차 백신 접종률 30% 육박, 11월 70% 접종률로 집단면역 목표'라는 기사가 심심치 않게 보인다. 드디어 끝이 보이나 하는 생각이 드는 요즘의 화두는 '코로나19라는 감염병과 싸우며 축적해온 내 지식과 경험의 집합체가 다른 신종 감염병의 유행이 다시 왔을 때 발휘할 힘에 관한 것'이다. 이 '전지적 코로나19 시점'은 결말을 바꿀 만큼은 아니어도 보다 효율적이고 적극적인 대응은 가능하게 해주지 않을까. 그렇다면 힘겹게 얻은 소중한 정보들을 이대로 추억으로 흘려보낼 수만은 없지 않을까. '아카이빙'의 중요성을 깨닫고 있다. 기록할 수 있는 것들을 기록하고 정리할 수 있는 것들을 최대한 정리하려고 하고 있다. 특히 시행착오에 관한 것들, 후회와 아쉬움과 미련이 남는 것들, 미리 준비하면 좋을 것들에 대한 기록은 반드시 필요하다고 생각한다. 다음이 없다면 더 좋겠지만 말이다.

코로나19도 아직 종료된 상태가 아니다. 여전히 격리된 구역 안에서 환자와 간호사들은 코로나19를 이겨내기 위한 힘겨운 싸움을 지속하고 있다. 끝이 아니기에 방심할 수 없고, 언제 어디서 어떤 방식으로 닥쳐올지 모를 위기들을 계속 감시하고 예의주시하고 있다. '그때, 그곳'에 '우리'가 있어서 다행이었기를 바라며, 오늘도 최선을 다할 뿐이다.

전지적 '코로나' 시점

코벤져스

●강지원

서울의료원

성보재활원

[코벤져스], '코로나19를 물리치기 위해 모인 영웅들'이라는 뜻을 가진 호칭입니다. 코로나19가 급격히 확산되며 어수선한 틈을 타 의료진들의 사기를 돋우기 위해 어벤져스 호칭을 빌려, 간호사 선생님들이 코로나19를 물리치기 위해 한곳에 모였습니다.

규정과 절차가 하루가 다르게 바뀌던 어느 날, 코벤져스팀은 중증도가 높은 환자 5명을 하루아침에 맞이하게 되었습니다. 정신적 장애를 가지고 있던 5명의 환자는 각가지 색을 띄우며 코벤져스팀을 혼란스럽게 만들었습니다. 병실 밖으로 나가려는 행동, 코벤져스의 전사복인 Level D(방호복)를 찢고 물어뜯는 행동 등 불안정한 모습으로 다가온 그들은 한순간도 눈을 뗄 수 없게 만들었습니다. 있는 그

대로의 악의 없는 모습인 그들은 우리를 적잖지 않게 당황하게 하였으나 저희는 차츰 머리를 모아 이들을 간호하는 방법을 찾아내기 시작했습니다. 눈을 마주치며, 말에 귀를 기울이며, 최소한의 접촉을 통해 달래며 폭발하는 모습을 가라앉혔습니다.

환자들도, 코벤져스도 서로에게 적응할 때쯤, 뇌전증을 가지고 있는 환자의 떨림이 확인되었습니다. 침대가 흔들릴 정도의 환자의 떨림은 CCTV로도 확인 가능한 큰 움직임이었습니다. 바로 경련이 왔던 것입니다. 놀란 코벤져스는 바로 전사복을 입고 환자에게 달려갔습니다. 환자는 떨림 이외에도 많은 양의 구토를 한 상태였고, 저희는 이물질이 기도로 넘어가는 것을 방지하기 위한 흡인을 시도 및 안정제를 투여하여 환자의 경련을 멈출 수 있도록 도왔습니다. 컨디션이 급격하게 악화된 환자는 식이섭취가 되지 않아 수액을 맞아 하루를 버텨야 했으며 환자 안전을 위해 코벤져스는 교대로 Level D(방호복)를 입고 곁을 지켰습니다.

시간이 지나 점차 환자의 의식이 명확해지며, 식이섭취를 하고, 마침내 스스로 침대에서 일어날 수 있었던 그는 결국, 코로나19와의 싸움에 이겨 퇴원에 이르렀습니다. 한 달 남짓 바이러스와 싸우며 음압 병실에서 하루하루 보내던 5명의 환자는 저희의 이름을 알아가며 기억해 주었습니다. 삐뚤거리는 글씨로 한 자, 한 자 코벤져스 영웅들의 이름이 적혀있는 종이는 저희의 가슴에 새겨져 잊지 못할 추억으로 남겨졌습니다.

가끔은 생각합니다. 그날 그 시점의 그 환자들이 없었더라면 지금의 코벤져스도 없었을 거라고. 그때가 있어 현재의 간호사 선생님들이 더 단단해졌으며 중증도가 높은 환자들이 몰려와도 당황하지 않고 간호에 힘쓰고 있는 거라고 말이죠. 무서움과 두려움이 가득해 할 수 있는 일도 하지 못할 수 있었으나 환자를 위해서라면 무엇이든 하는 저희는 코로나19를 물리치기 위해 모인 영웅들 '코벤져스'입니다.

생일상

입원 중 맞이하는 생일은 어떤 기분일까요?

홀로 음압병실에서 코로나19와 싸우고 있는 한 환자의 생일을 맞이하여 "혈압이랑 체온 측정 부탁드립니다."가 아닌 "생일 축하드립니다. 오늘 하루 기분 좋게 보내시길 바라요."라고 아침을 맞이했습니다. 사소하지만 마음을 전한 축하 인사가 기분이 좋으셨는지 CCTV에서도 보일 만큼 활짝 웃으시던 모습에 오히려 울컥한 기분이 들었습니다. 1년에 한 번뿐인 생일을 병실에서 보내는 모습을 생각하니 순간 지나치기엔 너무 아쉽다는 생각을 안 할 수 없었습니다. 곰곰이 생각하던 그때 마침 눈앞에 3분만으로 행복을 가져다줄 수 있는 무언가를 발견했습니다. 바로 '미역국'이죠. 이때다 싶은 저희 간호사 선생님들은 점심시간에 맞춰 따뜻한 미역국을 환자분에게 선물했습니다. 선물을 받은 환자분은 기뻐하며 이쪽저쪽 인증 사진을 찍으며 감사하다는 말을 연신 반복해 주셨습니다. 만개한 잇몸이 저희 간호사들에게도 기쁨으로 받아들여져 그날만큼은 코로나

19로 지친 환자, 의료진들이 모두 행복한 날이었음을 기억합니다.

매년 맞이할 수 있는 생일이지만 저희 모두에게 행복을 가져다준 그날 이후 환자분께서도 보답하고 싶었는지, 얼마 지나지 않아 저희를 놀라게 하였습니다. 감사한 마음으로 작성된 서울시의 [칭찬합시다]에 ○○○병동 코벤져스를 응원하는 메시지가 올라왔기 때문입니다. 미처 알지 못한 환자분의 속마음, 전하지 못한 그날의 감사함, 그리고 모든 의료진에 대한 응원 메시지는 Level D(방호복)로 인해 온몸을 땀으로 적신 저희에게 시원한 한줄기 단비가 되었습니다. 소소한 생일 메시지로 시작한 축하 인사 한마디가 나비효과를 일으켜 감동의 눈물과 함께 당찬 응원으로 돌아와 코로나19 병동을 이끌어 나갈 수 있는 원동력이 되었습니다.

많은 사람이 코로나19로 인해 지쳐갈 때 사소한 말 한마디 응원한 마디는 의료진뿐만 아닌 환자, 가족, 동료들에게도 힘이 되고 있다는 것을 깨달았습니다. 다소 힘들더라도 "고생했어" "같이 이겨내보자!" "해낼 수 있어"라고 한마디 전해보는 것은 어떨까요?

[환자가 직접 올린 서울시청 홈페이지 '칭찬합시다' 게시글]
"서울의료원 121병동 코벤져스팀을 칭찬합니다."

코로나확진자
2020.04.06

미역국

우리 모두 대한민국을 지킨 영웅입니다

● 오지연

경희의료원

"대한민국을 지킨 '영웅씬'

거리두기를 지킨 '여행씬'

집에서 건강을 지키는 '운동씬'

그리고 다 함께 '해피엔딩씬'

최고의 씬은 백신과 함께하는 해피엔딩이 되길 희망합니다."

2021년 3월에 나온 공익광고 최고의 씬이란 광고가 있다.

맨 처음 장면에 코로나19 치료를 위해 헌신하는 의료진의 모습이 대한민국을 지킨 영웅씬으로 나온다. 그만큼 코로나19를 통해 의료진, 그리고 간호사의 위상이 예전보다 높아진 것도 사실이다. 늦은 감도 없지 않아 있지만, 간호사로서 자부심도 높아지고 자존감도 높아진 것도 사실이다. 그만큼 병원 생활은 힘들었기 때문이다.

내가 일반 병동에 소속되어 있어 굳이 코로나19 병동에서 근무하지 않더라도 언젠가 투입될 수 있다는 압박감도 만만치 않았으며, 환자와 보호자 control면에서도 잠재적 코로나19 환자일 수도 있기에 항상 경각심을 갖고 일을 할 수밖에 없었다.

그러면서도 한편으로 안타까웠던 것은 코로나19 병동이 아니라는 이유로, 혹은 코로나19 환자를 직접적으로 간호하지 않는다는 이유로 더 많은 중환자를 봐야 했고, 더 많은 관심을 받지 못했던 것도 사실이었다. 그렇지만 그런 아쉬움은 뒤로하고, 간호사에 대한 조금이나마 나아지는 인식개선에 감사하였다. 그러면서 문득 궁금한 점이 생겼다. 코로나19등 신종감염병이 앞으로 더 자주 창궐될 것이 예상되고 있는데, 코로나19는 이미 다수의 간호사가 경험하여 관리능력이 출중하게 되었다 치더라도 앞으로 발생할 신종감염병 환자 간호에 참여하게 될 요인이 무엇인지 급작스럽게 궁금해졌다.

중대형병원에서 3개월 이상 근무한 간호사 60명을 대상으로 2020년 9월 27일부터 2020년 10월 16일까지 구글 설문지를 이용하여 신종감염병 환자 간호에 참여하게 되는 이유를 알아보았다. 결과는 재난교육 경험과 사회적 지지가 신종감염병 환자 간호에 참여하게 되는 이유로 나왔다. 재난에 대한 교육 경험은 신종감염병의 발병 자체가 사회적 재난이며, 이런 재난에 대해 어떤 간호를 해야 하는지에 대한 예방접종으로 생각해 보아도 무난할 것 같다. 그런 교육을 통한 환자 간호에 대한 자신감은 근거 없는 자만감이 아니라

근거 있는 자만감이 될 것으로 생각된다. 그렇다면 사회적 지지란 무엇인가?

그것은 가족, 친지, 친구, 병원 내 지원, 사회적 지원 모두가 포함된다. 코로나19가 한창일 때, 학교가 비대면 수업으로 진행되었다고 한들, 대학생인 딸이 집에만 있는 것이 어디 쉬운 일이었겠는가. 소모임이 지속적으로 잡히는 듯해 보였다. 나는 딸아이의 사생활에 대해 거의 터치를 하지 않는다. 뭐라 말할 수도 없었다. 다만 마스크 착용과 손 위생을 위한 작은 알콜젤을 말없이 줄 수밖에 없었다. 그리고 딱 한 마디만 했다.

"엄마가 병원에서 일하고 있다는 것을 잊지 말아 주길 바란다."

백신도 접종하고 코로나19 확진자 수가 점차 줄어드는 요 며칠 전, 나의 큰딸은 그날들을 언급했다. 외출할 때마다 엄마가 아무 말 안 하는 것이 더 무서웠다고. 그리고 엄마는 병원에서 일하고 있다는 말이 너무나 부담스러웠다고. 그래서 친구들과 만남을 최소로 했고, 그래도 꼭 만나야 할 경우, 우리 엄마가 병원에서 일하시니 내가 코로나19 걸리면 안 된다. 그러니 협조해달라. 반복적으로 얘기해서 이제는 친구들도 간혹 만나더라도 이곳이 코로나19 발생지역과 얼마나 가까운지, 어디를 가든지 환기가 되는 곳에 가서 앉고, 항상 마스크 착용을 철저히 하거나 손위생젤을 항상 구비하고 자주 사용했다는 것을…. 그날들의 일을 나는 알 수 없었다. 대학생 딸도 나의 병원 생활에 그리고 내가 만나는 환자들과 보호자들을 위해 노력하고 있었다는 것을. 나의 대학생 딸들의 친구들도 이제는 알아서 척

척 움직인다고 했다. 코로나19 방역수칙에 대해 최대한 노력할 만큼 노력한다는 것. 한번은 건국대 앞에서 모임을 하려고 했다가 코로나19 환자가 나왔다는 말에 집 앞 놀이터로 변경했다는 이야기도 덧붙여주었다.

나의 후배는 코로나19 병동으로 환자 간호를 투입하여 참여하게 되었다. 그녀는 3살 아들이 있다. 후배가 코로나19 병동으로 파견 갔을 때, 많은 고민을 했었다. 나는 섣불리 말이 안 나왔다. 결국, 후배의 식구들이 움직였다. 남편과 부모님이 3살 아이의 육아를 도맡아 하겠다고 선언한 것이다. 후배는 맘 편히 오피스텔을 얻어 1달간 따로 살았다. 아이는 영상통화로 매일 보았다고 했다. 2주간의 자가격리 후 집으로 갔을 때, 식구들이 고생했다, 자랑스럽다고 말을 할 때 너무 울컥했다고 한다. 다만 친정 부모님들은 피곤이 겹겹이 쌓인 얼굴로, 남편은 다크써클이 생긴 얼굴로 그리 말해줘 더 눈물 났다고 했다.

이러한 것이 사회적 지지라고 생각한다. 나는 대학생 딸아이의 친구들을 다 모른다. 그렇지만 그들은 '나의 직업에 대해 알고 나의 딸이 코로나19에 걸리지 않도록, 혹은 내가 코로나19에 걸리지 않도록 최선을 다해 노력해준 것', '후배의 가족들이 후배의 코로나19 환자 간호를 위해 헌신한 것'. 그리고 '고생했다, 자랑스럽다고 어려움을 인정해준 말 한마디', '새벽에 병원으로 출근한다는 나에게 코로나19에 무척 고생하시겠다, 건강 챙기며 일하라고 한마디 건네시는 택시 아저씨의 말'. '코로나19로 상주보호자 1인 외에 면회가 불가능하다고 설명하였을 때, 왜 면회가 안 되냐고 따지는 게 아니라, "아 당연히 그래야죠."라고 순순히 답해준 수많은 환자와 보호자들' 까지. 이 모든 지지와 지원이 대한민국 영웅들의 모습이라고 생각한다. 대한민국의 영웅은 코로나19와 싸우는 의료진의 모습만이 아니라 그 의료진의 가족들, 친지들, 친구들, 동료들 그리고 의료진을 둘러싸고 있는 모든 환경의 사람들이 모두 대한민국의 영웅이라고 생각한다.

크게 보면 간호는 세상 밖으로 나가고, 작게 보면 세상이 간호 안으로 들어와야 한다고 생각한다. 이미 코로나19로 인해 간호사 1인의 최선의 간호를 위해 간호사를 둘러싸고 있는 세상의 모든 사람이 보내는 간호사를 위한 지원과 지지. 모두가 간호를 위한 행동이라고 봐야 한다. 그들이 모두 대한민국을 이끈 영웅들의 최고의 모습이라 생각한다.

햇살은 침상까지 닿지 못했다

● 김혜민

가톨릭대학교 서울성모병원

코로나19 확진자가 임종 직전 마주하는 것은 방호복을 입은 의료진뿐이었다. 보호자들은 환자를 비추는 CCTV 화면으로 환자의 임종을 지켰고, 환자는 전화기 너머로 들리는 보호자들의 목소리를 마지막으로 눈을 감았다. 임종간호를 마친 환자는 관 안에 안치되어 실리콘으로 밀봉된 후에야 보호자와 만날 수 있었다. 환자와 보호자는 임종 후에도 손 한번 맞잡지 못했다. 코로나19 중환자실에서의 임종은 이러했다.

하루에도 몇 명의 환자가 퇴원하고 그 자리로 새로운 환자가 입원하는 상황이 반복되던 1월이었다. 확진자 수가 1000명을 넘어가던 고비는 넘겼지만, 여전히 중환자는 많았고, 전원 문의가 빗발쳤다. 입원해있는 환자들은 중환자실 치료가 필요한 환자들이었기에 기본적으로 고유량 산소공급장치를 보유하고 있었고, 기도삽관을 하여 인공호흡기를 달고 있던 환자의 수도 적지 않았다. 간이로 만들어진 코로나19 중환자실은 기계를 2~3개씩 유지하고 있는 환자들이 누워있기에 열악할 수밖에 없는 환경이었다. 전체 침상 수를 증설하면서 일반병동 기준 4인실에 중환자 2명이 입실해있는 경우가 그나마 양호한 편이었다.

2호실은 그 '양호'한 병실이었다. 인공호흡기를 가지고 있는 환자 두 명의 병실. 그중 한 명은 인공호흡기에 지속적 신장 대체용법을 하고 있어 모든 환자 중 가장 중증도가 높은 환자였다. 한 번 들어가면 다음번 간호사가 들어올 때까지 나올 수 없었던, 우리끼리는 시간과 공간의 방이라고 불렀던 곳이었다. 입원 후 적극적인 치료에도 불구하고 2호실 환자들의 상태는 좋아지지 않았다. 지속적 신장 대체용법을 적용하던 환자는 결국 며칠을 버티지 못하고 임종을 맞이했다. 그렇게 2호실에는 인공호흡기를 가지고 있던 환자 한 분이 남게 되었다.

정신이 명료한 사람을 인공호흡기 환자와 같은 병실에 두는 것이 환자의 정신적인 치료에 도움이 되지 않는다고 판단하여, 가능한 중환자는 중환자끼리, 경환자는 경환자끼리 같은 병실을 사용하도록 배정했다. 한동안 인공호흡기를 적용할 정도의 환자가 입원하지 않았기에 2호실은 그 환자 한 명의 공간이 되었다. 직장에서 확진자와 접촉하여 코로나19 양성판정을 받은 그 환자는 첫 입원 당시만 해도 저유량 산소만 유지하였으나 점점 산소요구량이 많아져 기도삽관을 한 경우였다. 인공호흡기를 적용 중이었지만 정신은 명료했다. 의료진의 지시에 따르고, 하고 싶은 말이 있으면 의료진의 손바닥에 글씨를 써서 의사 표현을 할 수 있는 정도였다. 스테로이드 치료를 하면서 혈당 조절이 안 되고, 열이 39℃까지 오르고, 부정맥이 생겨 맥박수가 치솟는 중에도 환자의 정신 상태는 변하지 않았다. 그런 환자였다. 입원한 지 얼마 되지 않았을 때 모니터에 나오는 산소포화도 수치가 80%대로 측정되는데도 하나도 숨차지 않다며, 괜찮다며 웃던 분이었다.

환자의 긍정적인 마음가짐에도 불구하고 인공호흡기를 제거할 가능성은 점점 낮아졌다. 모니터상 산소 수치뿐만 아니라 매일 시행하는 피검사와 흉부 X-ray 검사 결과가 악화되는 환자의 상태를 설명하고 있었다. 이미 인공호흡기의 산소 공급량은 100%로 설정되어 더 이상 인공호흡기로 할 수 있는 치료가 없었다. 주치의는 보호자에게 환자의 전반적인 상황을 설명했다. 최선을 다하여 치료하고 있지만, 산소요구량은 점점 높아지고, 산소 수치와 함께 다른 활력 징후도 불안정한 상태임을 알렸다. 그리고 환자의 의식이 더 떨어지기 전에, 유선 면회를 시켜줄 것을 약속했다.

유선 면회의 연결자로 내가 들어가게 되었다. 내 역할은 언젠가 환자가 입원했을 때 가져온 짐들에 섞였던 핸드폰을 가지고 보호자와 통화를 시켜주는 것이었다. 환자의 핸드폰 배경화면에는 손주로 보이는 어린아이의 사진이 있었다. 환자에게 상황 설명을 한 뒤, 미리 받아둔 배우자의 연락처로 전화를 걸자 '사랑하는 ○○ 씨'라는 이름이 나타났다. 전화 너머에서는 환자의 아내와 딸이 이미 물을 머금은 목소리로 기다리고 있었다.

"여보, 목소리 들려? 여보 너무 힘들지. 우리가 항상 기도하고 있어."

"아빠, 나야. 우리 ○○이도 할아버지 힘내라고 했어. 아빠, 사랑해."

내 손바닥에 가족들에게 하고 싶은 이야기를 쓰던 환자는 세 겹의 장갑 위로 쓰이는 글자가 답답했는지 본인의 허벅지에 글자를 쓰기 시작했다.

'ㄴㅏㄷㅗㅅㅏㄹㅏㅇㅎㅐ'

"환자분이 '나도 사랑해' 라고 쓰셨어요."

"여보, ○○이 아빠. 너무 고생했어."

주치의에게 환자의 좋지 않은 예후를 들은 보호자들은 심폐소생을 하지 않겠다는 의사를 밝힌 상태였다. 지금보다 더 적극적인 치료를 함으로써 환자의 몸에 여러 가지 관을 꽂고, 약을 쓰는 것보다 더 이상 남편을, 아빠를 힘들게 하고 싶지 않은 마음이 컸을 것이다. 보호자들의 잠긴 목소리는 마지막을 암시하는 듯했다.

'나 퇴원한대. 사랑해.'

하지만 환자는 병원 밖으로 나가 보호자들을 마주할 거라고 믿었다. 그 누구도 환자에게 퇴원에 관한 이야기를 하지 않았지만, 환자의 믿음은 굳건했다. 환자의 입을 통해 나오지 못한 말들이 환자의 허벅지 위에서 피어올라 내 목소리로 보호자에게 전해졌다. 통화가 종료될 때까지 환자는 보호자에게 퇴원 후 만날 수 있을 거라고 이야기했다. 글자판으로 쓰이던 환자의 허벅지가 빨갛게 부어올랐다. 퇴원을 기다리던 환자는 다음날 내가 출근했을 때 자리에 없었다. 보호자의 얼굴 한 번 보지 못한 채로 혼자만의 여행을 떠났다.

코로나19 중환자실에서 적지 않은 임종을 마주했지만, 유독 그날은 머릿속에서 잊히지 않는다. 날씨는 추워도 하늘은 맑은 오후였다. 2호실 창밖으로는 따사로운 햇살이 세상을 비추었지만, 그 햇살은 환자가 누워있는 침상까지는 닿지 못했다. 사랑하는 사람과의 마지막 대면조차 차단된 그곳에 환한 햇빛이 깃드는 날이 오기를 기원한다.

轉禍爲福(전화위복)

이화여자대학교 의과대학 부속 목동병원

코로나19가 우리의 일상에 자리 잡은 지도 1년이 훌쩍 넘었다. 사람을 마주할 때 마스크를 착용한 채 눈만 보이는 것이 익숙하며 코나 입이 보이면 왠지 어색함이 느껴지는 것이 당연하다 싶을 정도로, 온전한 얼굴로 마주 보는 것이 마냥 어색한 시대가 되었다. 코로나19는 생활 곳곳에 침투하여 많은 변화를 주었는데 의료인으로서 바라본 코로나19는 어떤지 서술하고자 한다.

K-간호사가 되다

작년 9월, 내가 속한 부서가 코로나19 전담 병동으로 바뀐다는 소식을 듣고 한동안 어안이 벙벙했다. 그만큼 생각하지도 못했던 소식이었고 오히려 피했으면 피했지 최전선에서 일하겠다고 자원하는 성격은 아닌지라 어쩌다가 이렇게 되었을까라며 부정 아닌 부정을 했었다. 그러다 그 부정이 걱정으로 바뀌었는데 그 이유는 신종감염병과 관련하여 일해 본 경험이 없었을 뿐만 아니라 의료인임에도 불구하고 당시 코로나19 관련 자료가 많지 않았던 터라 대중 매체로부터 정보를 얻었기에 부끄럽게도 일반 사람들과 비교하여 별반 다를 게 하나도 없었기 때문이었다. 결국, 현실에 순응하고 공사 기간 동안 코로나19에 대해 전반적으로 공부하며 보호 장구 착용 방법을 배우고 첫 코로나19 환자를 돌보게 되었을 때, 비로소 나는 '덕분에 챌린지'의 그 의료진에 온전히 속하게 되었다.

코로나19 환자, 분노·우울 그리고 사회적 낙인을 걱정하다

코로나19 환자들이 주로 표출하는 감정은 분노와 우울이었다. 분노하는 이유는 크게 3가지가 있었는데 첫 번째로는 '왜 하필이면 내가?'라는 질문으로부터의 분노였으며, 두 번째는 확진을 받기 전의 동선들을 보고하면서 생긴 역학조사관과의 마찰이었고 마지막은 평소보다 아주 조금 나쁜 상태라 생각했던 자신이 침대에만 있어야 하며 소변과 대변을 간호사가 치워준다는 당혹스러움과 수치심 때문이었다. 그들은 분노를 표출하다가 우울로 변화하곤 했는데, 이는 '자신으로 인해 주변 사람들도 양성이 나올까 봐', '고의적이진 않았지만, 자신이 누락시킨 동선 때문에 잠재적인 코로나19 확진자들을 찾아내는 데 많은 인력과 시간이 소모될까 봐', '이 모든 치료 환경과 치료 방법들을 수용했는데도 차도가 없을까 봐' 등 다양한 이유로 우울해했다. 또한, 그들은 많은 사람으로부터 연락을 받았는데 자신을 걱정하는 이들에게 감사함 반, 앞으로 어떻게 얼굴을 들고 다니나 하는 코로나19 사회적 낙인에 대해 걱정 반을 표현했다. 내가 만난 환자 중 한 명은 이렇게 말했다. "정말 회사−집밖에 안 다녔는데 말이에요. 어디서 걸린 지도 모르겠어요. 좀 억울하기도 해요. 어떤 이들은 놀러 다녀도 걸리지도 않던데. 나 때문에 회사가 난리 났어요. 폐쇄도 한다는데 앞으로 어떻게 다녀야 할지….."

완벽한 코로나19 치료제가 없으니 그 누구보다도 정확하게 알 수밖에

내가 속한 병원은 코로나19 중증환자 전담병원이라 입원하자마자 Optiflow(고유량 산소요법)을 적용하는 경우가 많은데 보통 스테로이드제(덱타메타손), 항응고제(클렉산)와 항바이러스제(렘데시비르)로 치료를 시작한다. 약물을 투입하기 전, 환자들에게 약물 설명을 하면 10명 중 7명꼴로 렘데시비르에 대해 불신을 드러냈다. 그 불신은 작년 10~12월에 가장 두드러졌는데 아마도 WHO[1]에서 '렘데시비르가 코로나19 치료에 효과가 없다.'라고 발표한 게 가장 큰 이유이지 않을까 싶다. 어떤 이들은 혈장치료제를 받고 싶다고 표현했는데, 그때 당시 특정 병원들에 한해서만 임상실험을 하고 있었

---

1) WHO(World Health Organization , 세계보건기구)

던 터라 우리 병원에선 투약이 불가함을 설명했다. 6개월이 지난 지금도 렘데시비르에 대해 불신을 표현하는 이들이 있으며 렉키로나 (코로나19 항체 치료제)로 치료하고 싶다는 분들도 있다. 렉키로나 적응증에 해당하지 않는 분들인데 설명하느라 꽤 애를 썼다. 환자와 많은 시간을 할애할 수 있는 의료진은 아무래도 간호사이다 보니 코로나19에 대한 질문을 많이 받게 되는데, 질문에 대한 답변이 미숙하다거나 머뭇거리면 나라는 개인 의료진뿐만 아니라 병원 자체에 신뢰감이 떨어지기 때문에 항상 코로나19에 대한 데이터들을 숙지하고 있어야 했다. 그 누구보다도 코로나19에 대해선 정확하게 알 수밖에 없다라고 자부할 만큼 말이다. 또한, 어떤 이들은 치료 거부를 외치기도 했는데 코로나19 약물치료 임상진료지침에 렘데시비르가 포함되어 있다는 기사와 국내 연구팀에서 렘데시비르가 중증환자에게 효과가 있다는 기사를 보여줬음에도 불구하고, 동의하지 않아 전공의를 넘어 진료과 교수와의 면담을 마친 후 치료를 시작했기도 했다. 그들은 명확한 증거 자료가 있음에도 불구하고 어쩌면 자신의 질병을 치료해줄 책임자의 확신을 직접 듣고 싶었는지도 모른다.

코로나19, 한 가정을 파괴할 만큼의 힘을 가지고 있다

기저질환이 있는 환자들은 대부분 예후가 좋지 못하였는데 코로나19는 이들의 생명을 가져갈 뿐만 아니라 한 가정을 파괴할 만큼의 힘까지도 지니고 있었다. 생사의 갈림길에 있는 이들을 위해 음성이나마 들려주라며 보내던 가족들의 음성 메시지를 틀어 놓고 있노라면 "대체 어떠한 이유로 이들의 생명을 앗아가나.", "무엇을 위해 이러는 걸까"라며 한탄이 절로 나오곤 했다. 생을 마감한 부모를 두고 목 놓아 우는 자식의 울음소리를 들었을 땐 그 부모의 마음은 어쩌나, 가슴이 미어져 떠나가지도 못하고 있겠구나 싶었다. 코로나19로 인해 1~2주 짧은 기간 안에 부모를 여의게 된 경우도 보게 되었는데 참담함을 이루 말할 수 없었다. 이렇게 코로나19는 우리에게 행복을 앗아가고 슬픔을 남겼다.

양적 변화에서 질적 변화로의 이행의 법칙

일반 병동이었다면 입원 전·수술 전 코로나19 검사 시행 여부와 결과 확인만 했을 텐데 코로나19 병동에서 일하게 된 이후, 보호 장구를 착용하고 코로나19 확진자들을 직접 간호하는 것, 그리고 매일 일일 확진자 수를 확인하며 코로나19 관련 데이터들을 공부하는 것. 의료인으로서 가장 큰 변화들이었다. 또한, 코로나19 치료와 관련하여 Ventilator(인공호흡기), CRRT, ECMO는 불가피한 존재들이었는데 덕분에 좀 더 전문적인 양적 변화를 축적할 수 있지 않았나 싶다. 그에 그치지 않고 간호가 업무로 느껴지지 않고 소명의식으로 느껴지는 질적 변화도 나타났는데, 환자를 주체로 환자의 입장이 되어 생각해보고 느끼는 공감 즉, 공감적 이해력이 향상됐다. 이러한 변화들로 자신감이 생겼다. 코로나19 경험은 '내가 필요한 곳에 가서 기꺼이 일해야겠다.'라고 다짐하게 된 계기가 되었다.

보호 장구를 착용하고 일하는 게 힘들지 않다고 말한다면 그건 선의의 거짓말이고, 보호 장구를 벗고 땀으로 흥건히 젖은 내 모습을 보노라면 '어느덧 여름이 다가오고 있구나.' 하고 느끼게 된다. 더운 날씨와 더불어 언제 코로나19의 종말이 오긴 하는 걸까 걱정이 들기도 한다. 1년이 훌쩍 지난 지금, 우리나라 인구의 26%가 1차 코로나19 예방접종을 마쳤다고 한다. 머지않아 코로나19는 독감처럼 쉽게 스쳐 지나가는 질환으로 인식이 바뀌는 날이 올 것이다. 마스크 없이 온전한 얼굴로 마주하여 웃을 수 있는 포스트 코로나19 시대를 기다리며.

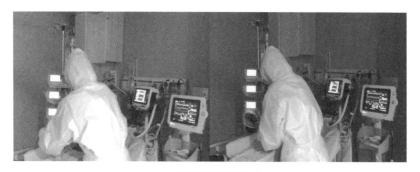

轉禍爲福(전화위복)

COVID-19 백의의 천사

● 류경화

가톨릭대학교 은평성모병원

국제적으로 인정받은 K방역과 국민 개인적인 희생과 손해를 감수하면서 적극적이고 솔선수범하여 수칙을 준수해 왔던 대한민국 국민의 준칙성은 2021년 6월 오늘까지 지속되었으며, 지금은 백신 예방주사를 통한 면역력 증가로 코로나19 확진자 수를 줄여 일상생활로 복귀하기 위한 대국민 노력이 이어지고 있다.

2019년 12월에 중국 우한에서 시작된 COVID-19는 호흡기 감염질환으로 중국 전역과 전 세계로 확산되었으며, 중국 정부가 2020년 1월 우한 의료진 15명이 확진 판정을 받은 사실을 밝히면서 의료진 감염 여부는 사람 사이의 전염병을 판별하는 핵심지표로 알려졌으며, 이후 확진자 수의 증폭으로 1월 30일 WHO는 PHEIC[1]를 선포하였

---

1) PHEIC(Public Health Emergency of International Concern, 국제적 공중보건 비상사태)

으며, 이어 Pandemic[2]을 선포하였다. 우리나라도 예외적일 수 없이 2020년 1월 20일 한국을 방문한 중국인이 최초의 감염자로 확진되면서 1월 27일 코로나19 위기경보 수준을 '주의'에서 '경계' 수준으로 격상하고 중앙사고수습본부가 설치되었다. 2월 18일 이후 신천지 대구교회의 집단감염과 경북 청도 대남병원 확진자의 기하급수적인 증가로 '경계'에서 최고 수준인 '심각'으로 상향되었다. 2월 21일 첫 사망자 발생, 전국 확진자 156명으로 1차 방어선이 무너지고 말았다.

지역사회 확산을 조기에 방지하려면 자치단체에 맡겨둘 것이 아니라 국가 차원의 비상 대책이 필요하다는 판단에 대구와 경북 청도 지역을 감염병 특별관리지역으로 지정하고, 해당 지역에 병상과 인력, 장비 등 필요한 자원을 전폭적으로 지원한다는 계획하에 군 의료인력을 포함한 공공인력을 투입하고 자가격리가 어려운 경우 임시 보호시설도 마련하기로 했다. 또, 대구의료원을 감염병 전담병원으로 지정하고, 추가 확진자를 대비해 가용 병상을 늘리기 위해서 가벼운 증상의 확진자일 경우 음압병상 1인실이 아닌 일반실에도 배정할 수 있게 했다. 이와 함께 병원 내 감염 우려 없이 안심하고 진료를 받을 수 있도록 병원에 들어가는 순간부터 입원까지 모든 과정에 걸쳐 호흡기 환자를 다른 환자와 분리해서 진료하는 국민안심병원도 운영되었다.

전국의 모든 의료기관에서 종사하고 있는 간호사들은 2차 방어선

2) Pandemic(범유행, 세계적 대유행); 전염병이나 감염병이 범지구적으로 유행하는 것

을 지키기 위한 각고의 노력으로 감염경로의 차단을 위해 주변 환경을 쓸고 닦고, 소독하고, 사람 간 접촉을 차단하고 방역대책에 따른 지시를 이행하며 전쟁을 방불케 하였으며, 내 한 몸도 소중하지만 아픈 환자들을 돌보고 있는 사람으로서 타인을 배려하는 이타적인 마음은 대국민을 향한 마음으로 개인에 대한 방역을 더욱 철저히 하고 이동 경로를 최소화하고 안전을 유지해왔다.

예방을 위한 전 국민 교육 및 강조와 함께 발생된 확진자를 위한 의료진들의 헌신적인 땀은 전쟁터에 부상자와 사상자를 위해 뛰어든 1854년 당시를 떠오르게 한다. 오늘날 휴양지로 유명한 우크라이나의 영토인 흑해 북부의 크림반도에서 러시아와 오스만 제국 간의 전쟁이 벌어졌다. 표면적인 원인은 종교 갈등이었지만 근본적인 원인은 러시아의 남하정책과 이에 대한 다른 유럽 각국의 견제로 전략과 병참 모두가 비효율적이어서 사상자가 월등히 많았으며 오스만 측을 지원한 영국군의 경우에도 전사자가 5천 명, 전염병으로 인한 병사자가 1만 5천 명에 달했다. 이에 영국에서는 뒤늦게 부상병 간호를 위한 자원봉사대가 조직되어 급파되었는데, 플로렌스 나이팅게일도 그중 한 사람이었다. 1854년 11월 4일에 나이팅게일은 38명의 간호사와 함께 전쟁터인 보스포루스 해협인근의 스쿠타리에 도착해서 영국군 야전병원에서 근무를 시작하였다.

전쟁 내내 나이팅게일은 후방에서 또 다른 전쟁을 치렀다. 영국 정부와 군부, 그리고 터키 정부에 만연한 관료주의와 씨름을 해가며 야전병원을 운영해야만 했기 때문에 나이팅게일의 탁월한 능력은 온화하고 친절하며 여성적인 자기희생을 통한 간호사로서의 자상함보다 오히려 철저한 행정가에 가까웠다. 끊임없는 노력, 불굴의 의지와 확고한 결의를 통한 냉정하면서도 조용한 태도 밑에는 열정이 숨어 있었다.

나이팅게일은 '백의의 천사'로 오늘날까지 역사적인 존재로 남아 있으면서 '간호사는 백의의 천사'라는 대명사를 대대손손 유산으로 잇게 해주었지만, 크림 전쟁 당시 그녀는 천사라는 이미지와는 거리가 먼 '등불을 든 여인'으로 통했다. 21세기 의학의 발달과 함께 간호사가 주로 근무하는 현장은 대형건물에 최신시설과 최첨단 의료기술이 집약된 의료환경에서 정확한 고도의 간호기술을 제공하며, 인간 게놈과 공적 정보와 인터넷의 즉각적인 정보 제공 등 인간 생명의 의료화는 치유보다 치료에 더 집중되는 경향이 강화되었으며, 간호사는 정확한 정보 제공과 충분한 설명과 정확한 환자확인, 정확한 투약의 기본 지침을 준수해가며, 바쁘게 돌아가는 하루 업무는 시간 부족과 과도한 업무로 인한 소진상태에서 환자에게 제공되어야 하는 간호가 감정노동이라는 표현으로 대두되면서 전인 간호의 맥락을 다하지 못하는 아쉬움이 드러나기도 한다.

그러나 COVID-19 확진자를 돌보는 병원이나 생활치료센터에 투입된 간호사들은 자발적이든, 비자발적이든, 가족과의 만남을 뒤로하고 현장 속으로 뛰어들었으며 보호장구의 착용으로 인한 땀과 진무름을 무릅쓴 희생과 열정의 숭고한 마음의 응축들이었다. 나이팅게일 정신의 투혼이 시대가 다르고 상황이 다를 뿐, 모두 거칠고 험난한 현장 속의 익숙한 일터를 뒤로하고 우리를 필요로 하는 지역사회, 즉 '세상 밖으로' 뛰어나간 간호사는 오늘날 21세기의 나이팅게일이었다. 간호사는 도움을 요청하는 사람에게 'Being'과 'Doing'으로 다가갈 수 있다. 그러나 어떤 역할을 수행해야만 존재감이 드러나는 'Doing'의 시대에, '함께함', '머무름' 등 수동적으로 현존하는 'Being'의 가치는 간과되기 쉽다. 이런 상황에서 'Being'의 가치를 되새기고, 마치 어린 시절 엄마가 우리 각자에게 아가페의 사랑으로 온전히 다가오신 것처럼 긍정과 사랑의 현존으로 함께 해주셨던 것처럼, 어떻게 될지 모르는 두려움과 공포의 생소한 현장으로 달려가 환자에게로 다가가서 상황을 파악하고, 위안이 되는 말을 들려주고, 적절한 응대를 하면서 그들과 함께 머무르고, 같이 있어 주며 마음으로 소통하는 참으로 소중하고 따뜻한 시간이었다.

벌써 30여 년이 넘은 이야기이지만 꿈 많던 간호대학교 학창시절 간호사의 초심이 나이팅게일 선서와 함께 숭고한 사명감으로 완전 무장 되었던 때에 국가고시 이후 정식 라이센스를 취득하게 되면 남북이 분단된 대한민국 땅의 간호사는 나이팅게일 정신에 입각하여 전시에도 불사하고 달려가야 한다는 한 선배의 말이 나이팅게일 선서만큼 강했는지 오랜 세월이 흐른 지금 생생하게 떠오른다.

코로나 안심 병동의
환자와 간호사

● 진예은
이화여자대학교 의과대학 부속 서울병원

코로나19 안심 병동에서 일하게 되다

2019년에 신규 간호사로 병원에 처음 입사할 때만 하더라도 마스크 없이 업무를 하던 때가 있었다. 호흡기 환자들이 많았음에도 불구하고 가끔씩 결핵 의심 환자가 나오면 격리 환자 방에 들어갈 때만 주로 쓰는 N95 마스크였다. 코로나19가 터지면서부터 마스크를 착용하는 것이 일상이 되었고, 답답하고 불편한 N95 마스크조차 장시간 착용할 수밖에 없는 현실이 되었다. 작년 3월 WHO에서 팬데믹을 선언하고, 코로나19가 세계적 대유행 상태가 되면서 전 세계적으로 코로나19에 대한 공포와 두려움이 매우 컸던 시기이다. 그때 당시 병원을 이직하게 되면서 어느 부서에서 일하게 될지 걱정 반, 설레는 마음 반으로 기다렸었다. 병원에서 코로나19 안심 병동을 열게 되었는데 그곳에서 일한다고 전달받았다. 전혀 예상하지 못했던 부서였지만 걱정되고 떨리는 마음을 안고 일을 시작하게 되었다. 코로나19 안심 병동은 응급실을 통해 입원 치료가 필요한 환자 중 코로나19 의심증상이 있는 환자 및 코로나19 접촉자, 해외 입국 자가격리자 등의 환자들이 1인실 격리구역에 입원하는 병동이다. 코로나19 의심증상이 있는 환자들은 코로나19 검사 결과가 음성이 나오면 일반 병동으로 전동을 보내고, 양성 판정을 받으면 코로나19 거점병원에 전원을 보내기도 한다. 음성 판정을 받은 자가격리자들은 2주 동안 코로나19 안심 병동에서 입원 치료를 받으며, 병원의 다른 환자들과 의료진들의 안전을 보장받을 수 있게 된다. 몇 달만 일하면 코로나19 종식으로 병동 운영이 종료되고 이전에 일하던 곳으로 돌아갈 수 있을 줄 알았으나 코로나19 사태가 장기화되면서 1년 넘게 계속해서 이 일을 하고 있다.

격리구역 환자들의 스트레스와 컴플레인

코로나19 의심증상 환자들은 코로나19 결과가 나올 때까지 격리구역 1인실에서 격리를 하게 된다. 환자들은 아무도 없는 1인실에 격리를 하게 되는 것에 굉장히 스트레스를 받는다. 코로나19 병동 운영 초반에만 해도 왜 격리를 시키느냐며 소리 지르고, 난동을 부리고 격리구역을 탈출하는 사례가 있기도 했으며, 입원하자마자 퇴원을 하겠다고 요구하셔서 자의 퇴원서를 작성하고 퇴원을 하는 환자들도 적지 않았다. 충분한 설명을 해도 이해를 못 하시고, 일방적으로 화를 내시는 환자분들이 많아 이해하기가 어려웠다. 그러던 중 몸이 안 좋아 응급실에 치료를 받은 후 병실에 잠시 누워있던 적이 있었다. 3인실에 침대 1개를 두어 격리실을 만든 구조인데 넓은 3인실에 혼자 누워있으니 안정감이 없고, 마음이 공허하고 몹시 불편했다. 이 계기로 환자들의 마음을 조금 이해하게 되었는데, 낯선 환경이라 안 그래도 불편한데 코로나19 의심증상까지 있으니 극도의 불안감과 두려움으로 더욱 예민해지셨으리라 생각되었다. 그래서 쉽게 잠들지 못해, 콜 벨을 자주 누르시고 수면제를 요구하시는 분이 많았겠구나 싶어 조금은 이해가 되었다. 또한, 나이를 불문하고 코로나19 확진 판정을 받을까 봐 혼자서 울고 계시는 환자분들도 자주 보게 되는데 다 큰 어른이 울고 있는 모습은 굉장히 낯설었기에 처음에는 당황하기도 했다. 정서적 지지를 하며 대화를 나눠보면 불안해하는 가장 큰 이유가 같이 사는 가족들과 직장동료들에게 폐를 끼칠까 걱정을 많이 하셔서 안타까운 마음이 많이 들었다. 특히나 같이 사는 자녀분을 걱정하는 엄마 환자분들을 볼 때마다 저희 부모님 생각이 동시에 들어 안타까운 마음이 들었다. 그때마다 공감하고 위로해드리며, 괜찮을 거라고 안심을 시켜드리기 위해 애쓰고 있다.

코로나19의 영향으로 인해 환자들이 예민해지시고, 컴플레인을 자주 하셔서 이를 대처하는 것에 어려움을 느낄 때가 많다. 특히나 비용에 예민하신 환자분들이 특히 많았는데, 일반 병동에 입원하신 환자 분께서 사셨던 고시원에 확진자가 나와 보건소 방침에 따라 급히 코로나19 검사를 진행하고, 2주간 자가격리를 해야 하는 환자 분이 계셨다. 환자 분은 코로나19 검사 비용을 1원도 지불할 수 없다고 병동이 떠나가게 소리 지르셨고, 자신이 2주간 격리를 해야 하는 것을 전혀 이해를 못 하시고 계속 화를 내셨다. 코로나19 검사를 계속 거부하시고, 설득이 되지 않아 퇴근 시간이 훌쩍 지나도 퇴근을 할 수가 없었다. 아무리 설명을 해도 이해를 못 하시고, 똑같은 말만 계속 되풀이하셨다. 원무과 직원과 지속적인 통화를 통해 비용이 들지 않는 것이 확실해졌을 때 진정이 되셨다. 진료과 교수님의 설명을 들으시고 코로나19 검사를 진행하고, 자가격리를 진행하게 되었다. 이처럼 확진자와 동선이 겹쳐 자가격리를 불가피하게 해야 할 때가 있는데 이를 받아들이기 힘들어하는 환자분들을 자주 마주하게 된다.

코로나19 안심 병동에서 일하는 간호사의 어려움

코로나19 안심 병동은 정해진 진료과가 없고 코로나19 의심증상이 있으면 입원을 바로 해야 하기에 과를 불문하고 증상이 있는 모든 환자가 다 온다. 신생아, 소아, 임신부 등 일반적으로 보기 힘든 다양한 환자군들을 많이 보게 되는데, 다양한 진료과의 환자가 오다 보니 모르는 부분이 많고, 숙지해야 할 것도 많아 공부해야 하는 시간도 많았고, 항상 긴장하며 일을 하게 된다. 특히나 중요한 건 자가격리자의 시술 및 수술을 보낼 때면 철저한 소독과 방역을 통해 동선을 최소화해야 했기에 감염관리실과 미화팀, 보안팀, 진료과 등 다른 부서와의 협조가 중요해 전화 업무가 정말 많다. 작년 겨울, 거동이 어려운 코로나19 확진자를 다른 병원으로 전원을 보내야 했다. 감염관리실과 보건소의 수십 통의 통화 끝에 전원 갈 병원이 정해졌고, 정해진 시간에 전원을 보내야 했다. 지원 인력 없이 간호사 2명이 침대를 끌고 주차장까지 내려갔는데 영하의 날씨에 Level D(방호복)만 입고 내려가니 Level D(방호복)를 뚫고 들어오는 찬 기운에 너무 추워서 오들오들 떨었던 기억이 난다.

보호자와 간병인 없이 환자 혼자서 입원을 하다 보니 보호자 업무, 간병인 업무까지 하게 될 때가 많아 업무의 경계가 없다. 거동이 불편하신 환자분들의 배설 간호, 식사 보조, 화장실 보조도 간호사의 업무가 되어버렸다. 또한, 응급실을 통해 전혀 입원 준비가 되지 않은 상태에서 입원하다 보니 환자들에게 필요한 물품이 많다. 그래서 간혹 필요한 물품들을 배달시켜서 택배가 1층에 있으니 찾아와 달라고 하신 분들도 있다. 보호자에게 환자가 사용할 기저귀를 준비해달라고 연락을 드렸더니 역정을 내시고, 전화를 끊어버리시는 분들도 계셔서 몹시 난감했었다. 또한, 식사와 관련된 부분에서 자주 문제가 발생하는데 저녁 식사 시간이 마감된 이후에 입원 오신 환자분들은 온종일 굶었다면서 화를 내신다. 보호자가 물품을 전달해 수 없는 상황은 간호사가 해결해 드릴 수 있는 문제가 아닌데 화풀이하는 환자들이 원망스럽기도 했다. 일하면서 먹으려고 준비한 간식과 물을 찾아서 제공하기도 했다. 또한, 환자분들이 가장 많이 요구하시는 것 중 하나가 물을 떠다 달라는 것인데 환자가 병실 밖을 나갈 수 없어 물을 계속 떠다 드릴 수밖에 없다. 때로는 정말 바쁜 와중에 거동이 가능한 환자분들도 에어컨을 켜달라, 불 꺼달라, 커튼을 내려달라는 등의 사소한 요구들까지도 해결해 드려야 한다. 그래도 아픈 환자분들이니 기꺼이 도와드려야겠다는 생각에 Level D(방호복)를 입고 뛰어다니다 보면 속옷까지 다 땀에 젖어 있다.

무엇보다도 일하면서 가장 힘든 건 최선을 다해 일하지만, 환자와 보호자 분의 공격적인 언행이 화살이 되어 돌아올 때 가장 힘들다. 코로나19 확진 판정을 받은 환자임에도 불구하고 마스크를 쓰지 않으시는 환자 분이 계셨다. 마스크를 쓰라고 여러 번 교육해도 답답하다고 말씀하시며 늘 마스크를 벗고 계셨다. 코로나19에 더 노출되는 저희 간호사와 다른 환자의 안전은 생각하지 않으시는지 화가 치밀어 올랐지만, 화를 억누르고 마스크를 쓰도록 여러 차례 설명했다. 간호사들이 계속 마스크를 쓰라고 교육하는 것이 환자는 불친절하다고 느꼈는지 이 상황을 보호자에게 전달했고, 보호자 분은 병동에 전화를 걸어 "그까짓 코로나 뭐라고, 병원에 당장 쳐들어가겠어!" 장시간 컴플레인을 하셨는데 이 일을 하면서 가장 힘들다고 느꼈다.

최선을 다해 땀 흘리며 일하지만 때때로 민원을 제기하신 분들이 계신다. 입원하기 전 응급실 대기 시간이 길고, 열악한 병실 환경으로 인해 민원을 제기하셨다. 그러나 Level D(방호복)를 입고 고군분투하는 안심 병동 간호사들을 보며 불만이었던 입실 과정의 불편을 이해하게 되었다고 표현하신 분도 계신다. 또한, 코로나19 안심 병동이 있어 환자들이 치료가 지연되지 않고, 제때 치료를 받을 수 있어서 얼마나 감사한지 모른다고 한 교수님께서 격려의 말씀을 해주셨다. 근무하는 1년 넘는 시간 동안 가장 큰 위로의 말이 되었다. 이로 인해 힘든 일상에 위로를 받는다.

\# 코로나19 안심 병동

기억에 남는 환자

코로나19 안심 병동에서 일하면서 가장 기억에 남는 환자분은 미국에서 유학 생활을 하던 중 복통이 심해 치료받기 위해 한국에 급히 입국하신 20살의 남자 환자 분이 계셨다. 입원 초기만 하더라도 work up 하는 과정에서 활기차고 밝으신 환자분이셨다. 하지만 갈수록 참을 수 없는 복통이 너무 심해지셨고, 이미 전이가 많이 진행된 상태로 복막암 진단을 받게 되었다. 자가격리자는 보호자와의 면회가 불가능해서 보호자들은 환자에게 전해줄 물품을 간호사실로 오셔서 전달해 주고는 돌아가신다. 아버지 보호자께서 아들이 암인 것을 듣고 복도에서 구슬프게 울고 계셨다. 울음소리를 통한 그 감정이 바로 전달되어 마음이 너무 아팠다. 암을 진단받게 되는 과정을 참고 견디는 환자와 보호자를 보는 것이 심적으로 힘들었다. 여러 진료과의 협진을 통해 치료가 신속히 진행되었고, 조금이라도 덜 아파하시고, 암의 진행속도가 늦춰지기를 바라는 간절한 마음으로 일을 했다. 격리 중이라 가족의 지지도 없이 환자분 혼자서 심적으로 이겨내기 어려우셨음에도 불구하고 끝까지 잘 버텨주셨다. 자가 격리가 끝나는 날 웃으시면서 고맙다고 말씀하시며 전동 가시는 뒷모습을 보며, 치료에 협조해 주신 환자분께 정말 감사했다.

힘든 현실이지만, 그럼에도 불구하고

며칠 전, 3세 소아 환자를 간호하던 중 어린 환아가 코로나19를 너무나 정확하게 알고 있어서 정말 놀랐다. 어떻게 아냐고 물으니 코로나19 때문에 유치원에 가지 못하고, 손을 계속 닦아야 하기 때문이라고 했다. 그 말을 들으니 코로나19로 인해 어른, 아이 할 것 없이 모두가 고통받고 있다는 생각에 마음이 아팠다. 코로나19 방역의 최전선에서 일하면서 힘들고 어려울 때마다 누군가는 해야 할 힘든 일을 내가 할 수 있음에 감사하다. 나의 노력이 환자분들과 의료진들의 안전을 지킬 수 있음에 보람을 느낀다. 결국은 이 일을 참고 견디며 해나간다면 코로나19가 종식되어 코로나19 이전의 일상으로 빨리 돌아갈 것이라고 믿으며 희망을 가지고 하고 있다. 더 질 좋은 간호를 제공해드리고 싶지만 제한된 인력으로 열악한 환경에서 운영되다 보니 죄송할 때도 많았다. 그럼에도 불구하고 가끔 환자분들께서 보호 장구 속 땀 흘리는 간호사들의 모습을 보시고 고생이 많다고 말씀해주실 때마다 감사했다. 빨리 코로나19가 끝나서 환자분들이 격리하지 않고 편안한 환경에서 입원 치료를 받으실 수 있기를 바란다. 마지막으로, 함께 코로나19와 싸우는 간호사 동료들에게 감사의 말을 전하며 이 글을 마치려고 한다. 혼자였다면 절대 하지 못했을 일인데 간호사 동료들이 있어 같이 이겨낼 수 있었다. 서로 힘든 걸 공유하고 공감할 수 있는 존재가 있다는 것이 얼마나 큰 힘이 되고, 다행인지 모른다. 코로나19로 고생하는 간호사가 주위에 많을 것인데 그에 맞는 보상과 대우를 받지 못하는 것이 현실이라 안타까울 때가 많다. 이 글을 통해 간호사의 업무 현실과 노고가 조금이라도 알려져서 열악한 간호사의 근무환경이 개선되기를 간절히 바라고 있다.

3부

이 또한
지나가리라

코로나19 세상 속에서 성장하는 간호사

●이우림

서울특별시 보라매병원

코로나19 병동의 첫인상

현 코로나19 병동에서 근무하기 전 부서에서 코로나19 병동으로 며칠 파견근무를 한 경험이 있었다. 그때 받은 코로나19 병동의 첫인상은 우울했다. 평소에 내가 알던 그 넓은 병동은 간호사실을 제외하고 모두 봉쇄되어 나머지 남은 공간에 옹기종기 모인 의료진들로 인산인해를 이루고 있었다. Level D(방호복) 수준의 보호장구를 착용하여 이중문을 열고 들어간 격리구역은 밖의 간호사실과는 다른 차원의 세상 같았다. 마치 이곳의 시계는 더 천천히 돌아가는 것 같았다. 분명 익숙한 곳인데 처음 온 것처럼 낯설게 느껴지고 외로운 느낌마저 들었다. 저 멀리 Level D(방호복)를 입고 분주하게 움직이는 의료진의 모습에 누군지도 모르지만 달려가 말을 걸고 싶었다.

평소 휠체어가 빼곡히 놓여있던 공간은 휠체어를 대신하여 각종

일회용 처치 물품들로 가득 차 있었고, 공용 욕실과 화장실은 각종 의료기기와 모니터, 기본 간호물품들로 가득 차 있었다. 늘 열려있던 병실 문들은 굳게 닫혀있었고, 복도에서 레일을 잡고 보호자들과 같이 운동하던 환자들의 모습은 온데간데없었다. 사람 대신 텅 빈 복도를 채운 건 적막감이었다. 적막감은 Level D(방호복) 복장이 스치며 내는 소리를 더욱 크게 만들었고, 복도 끝의 병실까지 길을 더 길게 만들었다. 병실 문을 열자 그 적막감을 깬 것은, 사람 소리가 아닌 기계소리였다. 병실의 공기를 복도가 아닌 밖으로 빼주는 음압기계는 자신의 존재감을 마음껏 드러내며 큰 소리를 내고 있었지만, 병실의 환자들은 모두가 약속이라고 한 듯 아무도 소리 내지 않았다. 병실에 분명 사람이 있지만, 사람이 없는 것 같았다.

커튼으로 한 공간을 5개의 공간으로 나누느라 자리가 좁다고 옆 침대와 아웅다웅하던 병실은 이제 시원하게 커튼을 떼고 한 개의 넓은 방이 되어 3개의 침대와 사물함이 띄엄띄엄 놓여있었다. 그렇게 공간은 넓어졌지만, 환자들은 그저 본인의 침대에만 누워있을 뿐이었다. 그리고 마치 투명한 벽이 있어서 서로가 안 보이는 듯했다. 내가 들어가 환자에게 말을 걸자 그는 오랜만에 사람을 만난 것처럼 나에게 이런저런 말을 걸기 시작했다. "약을 먹었는데 열이 왜 안 떨어질까요?", "다른 사람들도 이런가요?", "TV에서나 듣던 코로나19를 내가 걸릴 줄 몰랐어요." 30~40대로 보이던 그는 일하다가 왔을 것 같은 복장으로 풀지도 않은 검은 배낭 한 개를 옆에 두고 침대에 그저 힘없이 누워있었다.

나는 환자에게 정맥주사 경로 확보를 위해 왔노라고 설명하였다. 그리고 열이 나는 것은 우리 몸이 열심히 바이러스와 싸우고 있다는 의미라고, 이제 곧 담당 간호사가 주사약을 드리면 먹는 약보다는 나을 거라고 하였다. 그에게 용기를 주고 싶었다. 그러나 내가 섣불리 말할 수 있는 게 없었다. 그때까진, 코로나19 바이러스는 미지의 대상이었고, 확실하게 치료제라고 말할 만한 약이 아직 없었기 때문이었다. 그저 환자의 면역이 잘 싸워내기만을 바랄 뿐이었다. 환자의 혈관이 다행히 좋았지만 두 겹의 장갑을 낀 채로 주사를 잡는 것이 처음이라 떨렸다. 내가 지금 환자에게 할 수 있는 최선은 한 번에 주사 놓는 걸 성공하는 것 뿐이었다. 간절히 기도하는 마음으로 주사를 한 번에 성공하고 병실을 나오니, Level D(방호복) 안의 나는 땀으로 흠뻑 젖어있었다.

복도의 적막감, 병실의 큰 음압 기계 소리, 불안해하는 환자 모습들이 한데 어우러져 코로나19 병동의 공기를 다른 곳보다 한층 무겁게 만들었다. 땀으로 축축이 젖었다가 식으며 느껴지던 등줄기의 서늘함은 나아질 기미가 없어 보이는 이 코로나19 시국의 냉담한 현실을 설명하는 것 같았다.

간호는 예술이다

코로나19 환자들을 보겠다는 마음으로 코로나19 병동에 지원한 지 6개월 만에 소원이 이루어졌다. 이전에 병동에서 환자를 간호하던 느낌과는 정말 많이 달랐다. 그리고 한 발짝 멀리서 바라보던 동료간호사들의 모습을 가까이서 보니 훨씬 멋있었다. 사람이 있지만 없는 것 같았던 서늘하고 무거웠던 공기의 코로나19 병동은 간호사들의 온정으로 따뜻하고 사람이 있는 곳이었다. 환자에게 가기 위해 준비해야 하는 시간, 환자에게 가기까지 간호사실과 병실 간의 이중문, 그리고 병실 문까지 총 3개의 문을 열고 가야 하는 물리적인 거리가 분명 있었지만, 환자의 상태를 상시로 볼 수 있는 모니터와 CCTV가 이 모든 것을 허무는 것 같았다. 환자의 변화와 위험한 상황을 일반 병동에서는 상상도 할 수 없는 속도로 빨리 파악하고, 안팎에 있는 의료진이 수시로 전화와 메신저로 소통하여 환자 간호에 진심으로 초동 대처하는 모습은 대학 시절 '간호는 예술이다.'라고 하던 말이 생각나는 어떤 예술의 경지의 모습이었다.

극적인 회복

코로나19 병동으로 부서 이동하여 초기에 담당하던 A환자는 오래전 심정지에서 살아난 환자였다. 그 후유증으로 뇌 손상을 입었고 침대에서만 생활하며 겨우 본인의 의사를 단어로만 표현할 줄 알던 환자였다. 자신의 이름, 응, 아니, 아파, 보라매병원 등 알아들을 수 있는 몇 개의 단어뿐이었지만 환자와 소통하고 있음을 느낄 수 있었다. 그러나 오프를 다녀오고 몇 개의 근무가 지나가며 환자는 점점 그 몇 개의 단어가 줄어갔다. 알 수 없는 단어들로 본인의 힘듦을 나타내었지만, 그마저도 점점 줄어갔고, 환자는 더 이상 말할 기운도 없어졌다. 각종 치료 장치들이 늘어갔고, 병동 환자 중에 가장 중환자로 여겨졌다. 코로나19 환자를 본 지 며칠 되지 않아 중환자를 맡는 것이 부담이었기에, 나에게는 그 환자를 담당할 기회가 오지 않았다. 동료간호사들의 성심성의껏 간호하는 모습을 옆에서만 지켜본 채 시간이 흐르다 환자 상태가 좋아지고 나에게도 다시 기회가 왔다. 환자의 상태가 호전된 것이 반가운 마음에 환자에게 "저 보고싶었죠?"라고 나도 모르게 질문을 했고, 환자가 "응"이라고 대답해서 더없이 행복해하고 설레었다. 코로나19 병동도 보통과 같이 정을 나누고, 존재를 확인하고, 기쁨과 슬픔이 어우러지는 사람이 있는 곳이었다.

그리고 며칠 되지 않아 환자는 퇴원을 계획하게 되었다. 환자가 한 달이 넘도록 못 만나던 보호자를 만나게 될 날이 이제 곧이었다. 퇴원 전날 이브닝근무였던 선생님이 깨끗한 모습으로 가족들을 만나라고 침상목욕을 했다는 이야기를 듣고, 나이트근무였던 나도 한 달이 넘어 덥수룩하게 자란 환자의 턱수염을 깎아드렸다. 흰 턱수염으로 할아버지 같아 보였던 모습에서 나의 아버지와 몇 살 차이 나지 않는 환자 본래 나이의 모습으로 돌아왔다. 근래 내 아버지 얼굴을 본 시간보다도 더 훨씬 오랫동안 환자의 얼굴을 들여다보며, 코로나19 병동의 간호사는 환자 가족의 마음을 한데 모아 대표하는 역할을 하고 있는 것 같은 생각이 들었다.

호흡의 무게

B할머니의 폐렴이 심해져 산소의 농도를 올리는 단계가 얼마 남지 않았을 때, 의사는 기관 삽관을 통한 기계호흡치료를 설명했고 할머니와 가족들은 상의 끝에 기계 호흡을 거부하셨다. 이 상황에서 유일하게 할 수 있는 일은 할머니의 폐의 확장을 돕기 위한 자세를 취해주는 것이다. 환자의 자세를 이쪽, 저쪽 돌아 눕힐 때마다 할머니가 챙기는 것은 오직 한 개, 빨간색 할머니의 핸드폰이다. 늘 할머니의 머리맡에 놓여있는 핸드폰 안에는 할머니의 다섯 자녀와 귀여운 손자, 손녀들의 사진들이 가득하고, 통화 목록을 열면 다섯 자녀가 돌아가며 전화한 흔적들이 빼곡하다. 그리고 옆으로 누운 할머니의 시선이 닿는 곳에는 간호사실의 전화번호가 크게 적혀있다. 누군가 적은 그 종이는 할머니의 입원 기간을 이야기해주듯 오래되어 보인다. 나는 혹시나 할머니가 직접 번호를 눌러 전화하기 어려울까봐, 핸드폰에 단축번호로 간호사실의 번호를 저장해드렸다. "할머니 힘드신 거 있으면 이거 꾹 눌러서 간호사실로 전화하세요!"라고 말하고도 못내 불안했던지 간호사 호출벨을 난간에 걸어 할머니에게 작동법을 설명한다. 할머니는 이미 잘 알면서도 "이거 꼭 누르면 되지?"라고 되물으신다.

B할머니의 호흡곤란은 새벽부터 시작해서 오전까지가 제일 심했다. 그중에 할머니를 제일 힘들고 서글프게 만드는 일은 아침 식사이다. 입원 초기만 해도 틀니를 끼고 혼자서 도시락 한 개를 거뜬히 비워내던 할머니가 이제는 틀니를 물에 담가만 둔 채 다시 낄 엄두

를 못 내신다. 반찬은 몇 번 손대지 못하고 오직 죽 한 공기 겨우 비워내는 일이 할머니에게는 너무도 숨 가쁘다. 내가 할 수 있는 일은 환자의 산소포화도 수치를 확인하여 산소농도를 최고로 높이고, 환자분이 식사 중간마다 심호흡하면서 천천히 먹도록 옆에서 격려해 주는 것뿐이다. 할머니가 너무 숨차하는 모습에 나는 조금 있다가 먹자고 하며 도시락을 살짝 뒤로 밀었다. 할머니는 알겠다고 대답했지만 이내 곧 한숨 돌리고 도시락을 당겨 힘든 한술을 다시 뜨신다. 죽 한 수저에 열 번의 심호흡이 필요하다. 그렇게 힘든 숨을 몰아쉬다가 할머니는 가슴을 때리며 지금까지 이토록 많은 고통을 겪었는데, 아직도 겪을 고통이 남아 있느냐며 할머니의 진심을 입 밖에 터트려 버렸다. 가슴이 먹먹해지고, 눈물이 당장이라도 앞을 가릴 것 같은 기분이지만 애써 숨긴 채 덤덤히 할머니의 곁을 지켰다. 그리고 다시 천천히 심호흡하며 밥을 먹자고 격려했다. 정서적 지지라는 것이 이토록 어려운 일이란 것을 절실히 깨닫는 순간이었다. 오전의 폭풍 같은 시간이 지나고 점심 즈음부터 한층 여유가 생겼다. 그리고 평소 동료간호사가 환자의 자녀들과 영상통화를 연결해준다던 이야기를 기억하고, 나도 할머니의 큰아들에게 영상통화를 걸었다. 전화기 너머 아들의 힘찬 "어머니~" 소리에 할머니는 하루 중 제일 밝은 표정을 지었다. 아들의 한마디에 나의 마음 또한 한 뼘 가벼워짐이 느껴졌다. 환자의 고통의 무게가 가벼워지자 나도 환자와 함께 그 무게를 짊어지고 있었음을 깨달았다.

환자의 희로애락을 함께하고 환자를 공감하며 동행하는 이 기분은 코로나19 병동에서 느낀 진짜 간호사가 된 기분이다. 평소 병동에서의 간호현장은 늘 바쁘며 환자의 요청을 잊지 않고 해주기만 해도 대단한 일이었다. '간호는 Cure가 아닌 Care를 하는 것이다. 환자의 신체적, 정식적, 사회적, 영적인 모든 면에서 총체적으로 살피는 전인 간호를 해야 한다.' '의사는 환자 앞에 놓인 벽을 깨고, 간호사는 환자 앞에 사다리를 놓아주어 넘을 수 있게 도와주는 것이다.(나이팅게일)'라고 배웠지만, 현실은 달랐다. 주어진 일들을 미션 수행하듯 끝내고 나면 도망치듯 병원을 빠져나와 쉼의 공간을 찾아가는 일이 부지기수였고, 내가 하고 있는 간호에 대해서 고민해 볼 시간은 전혀 없었다. 코로나19 팬데믹으로 전 세계가 혼돈을 겪고 있는 가운데, 역설적으로 나는 내가 하는 일에 대해 더욱 분명하게 깨달아 가고 있다. 질병과 고통 가운데 있는 사람의 곁을 지켜주고 안위증진을 위한 총체적인 노력을 다하는 것이 내가 하는 일이다. 곁을 지켜준다는 것이 거창하지 않고 평범한 일이지만 가장 어려운 일이기도 하다.

출근해서 환자를 보러 가는 길은 짧지만 길다. 가운을 입고, 장갑을 끼고, 마스크에 고글까지 쓰고 거울을 본다. 크게 심호흡을 하며 마스크의 빈틈이 없는지 살핀다. 오늘도 나는 코로나19 바이러스라는 장벽 앞에서 고통받는 환자들에게 사다리를 놓아주기 위해 환자 곁으로 간다. 결국, 우리는 마침내 이 코로나19의 장벽을 넘을 것이고, 다 함께 성장할 것이다.

공감

●이영은
가톨릭대학교 은평성모병원

2월 21일 '코로나19'라는 단어가 내 가슴에 쾅! 하고 박힌 날이다. 대학병원 간호사로 근무하는 나는 근무하고 있던 병원에서 원내감염이 발생하면서 병원이 폐쇄되었고 그날부터 전쟁이 시작되었다. 내가 근무하고 있던 병동에 밀접 접촉 환자를 코호트 격리하면서 보호장구 착용, 환자 및 보호자 관리, 환경관리 등 신경 써야 할 것들이 시시각각으로 공지되면서 정말 총성 없는 전쟁터를 방불케했다. 그러던 중 교직원 감염관리를 위해 가족들과의 접촉도 제한되었고 자녀, 배우자와 함께 생활하시는 수간호사 선생님은 병원 빈회의실에서 숙식하기 시작하셨다. 나는 주말부부 생활을 하고 있어서 신랑은 주말에만 집에 왔고, 아이는 옆 단지에 사는 친정엄마가 돌봐주고 계셨다. 이 시기에 제일 힘든 것은 두 돌도 지나지 않은 딸 아이를 못 보는 것이었다. 교대 근무를 하고 있었기에 연속 근무

이거나 야간 근무일 때 며칠씩 못 보는 날도 있었지만, 그때는 만나게 되는 날이 언제인지를 예상할 수 있었다.

하지만 그 당시 당장 내일이 어떤 상황이 펼쳐질지 모르는 시기였기에 언제 볼 수 있을지 기약 없이 보내야 하는 시간이 너무 야속하고 힘들었다. 영상통화를 할 때마다 눈물이 났다. 그럴 때마다 친정엄마는 "그렇게 약한 마음으로 어떻게 환자를 간호해, 마음 단단히 먹어."라고 말했다. 나는 그 말에 마음을 다잡고 또다시 힘내어 출근했다. 하지만 그런 날들이 하루하루 더해져 시간이 지날수록 딸아이는 엄마가 나를 데리러 오지 않는다는 것을 알고 마음을 닫았는지 영상통화를 해도 더 이상 내 얼굴을 바라보지 않았고 나는 점점 지쳐갔다.

그렇게 아무도 없는 텅 빈 집과 병원을 오가며 생활하던 어느 날 음압 병실에서 커튼을 정리하고 있는데 뜬금없이 눈물이 왈칵 쏟아졌다. '언제까지 이렇게 지내야 하지?', '내가 뭘 잘못했길래 이렇게 지내야 하지?' 이런 생각이 들면서 눈물이 쏟아졌다. 감정조절이 안 되면서 급기야 나는 흐느끼며 울었다. 고글에는 습기가 차서 하얗게 성애가 끼고 얼굴은 눈물로 범벅이 되었다. 그렇게 한참을 울고 병실에서 나올 때가 되어서야 그 병실에 계시던 환자분께 미안하다는 생각이 들었다. 그래서 병실에 계시던 환자분께 "죄송해요, 제가 마음이 좀 힘들어서요."라고 말하고 뒤돌아 나오려는데 환자분이 "괜찮아요, 편하신 대로 하세요."라고 말하였다. 난 깜짝 놀랐다. 왜냐하면, 그 환자분은 신체 보호대(억제대)를 하고 구강 흡인을 하고 비위관을 통해 경관식을 하는 환자였기에 의사소통이 안 되는 환자인 줄 알았기 때문이다. 환자분의 대답을 듣고 나는 더욱 미안하고 창피해졌다. 환자분은 보호자를 보지도 못하고 영상통화도 못 하고 낯선 병실에 혼자 있는데 나보다 더 외로울 환자 앞에서 감정을 추스르지 못하고 그렇게 울었으니….

그 이후 난 다른 환자분들보다 그 환자분에게 마음이 쓰였다. 치료에 필요한 장비 제거 가능성 때문에 억제대를 하고 있었던 상황이라 혼자 마음대로 움직일 수도 없었고 이야기할 상대도 없는 음압실에서 혼자 몇 날 며칠을 보내고 계신다는 생각을 하니 더 마음이 아팠다. 그래서 텔레비전도 틀어 드리고 체위변경도 시간마다 빠트리지 않고 신경 써서 하고, 기저귀 교환 시에도 발진은 생기지 않았는지 불편한 것은 없는지 물으며 간호를 했다. 하지만 환자분의 대답은 늘 "괜찮아요, 편한 대로 하세요"였다. 이 일이 있었던 것도 벌써 1년이 훌쩍 지났지만 난 아직도 그날의 병실 배경과 내가 느꼈던 감정이 얼마 안 된 것처럼 아른거린다. 그리고 아직 코로나19도 끝나지 않았다.

지금 나는 안심병동에 근무를 하고 있고, 작년 코로나19 초창기에 비하면 체계적으로 운영이 되고 있지만, 임상에서는 어려움이 많다. 보호자들은 간호사실로 수시로 전화를 걸어 환자 상태가 어떤지, 퇴원은 언제 하는지, 필요한 것은 없는지 등등 많은 질문을 쏟아낸다. 가끔은 보호자가 왜 마음대로 환자를 볼 수 없는지에 대해 항의를 하는 분들도 있다. 현재는 병원 규정상 감염관리를 위해 상주 보호자 외 다른 보호자는 자유로이 환자 병문안을 할 수 없는 상황이다. 환자가 임종이 임박해왔을 때도 동일한 조건이 적용된다. 단, 직계보호자 총인원을 제한하여 2명씩 임종 전 면회가 가능하지만, 모두가 임종을 지킬 수 있는 것은 아니다. 그래서 보호자들은 종종 이렇게 이야기한다. 너희 부모가 죽어가도 이렇게 면회도 못 하게 하고 죽게 할 거냐고…. 임상에 근무하는 나도 보호자 입장을 충분히 이해한다. 환자를 마지막 가는 길에 보고 싶어 하는 사람이 많을 수 있는데 코로나19로 인해 그걸 제한하는 것이 일반인의 입장에서 받아들이기 어렵다는 것도 안다. 나도 짧은 기간이었지만 보고 싶은 사람을 못 보는 것이 어떤 마음인지를 느껴보았었기에 이해하고 공감하려 노력한다. '공감'이라는 단어는 간호하면서 많이 느껴보지 못한 감정이었다. 하지만 코로나19 사태를 겪으면서 간호사로서 가장 많이 배운 감정은 공감이다. 환자와 보호자의 입장에서 함께하지 못하는 이 시간이 얼마나 외롭고 힘든지를 조금은 알고 있기에….

코로나19 이전에는 아무렇지 않게 행하던 일들이 이제는 철저히 규제되는 시대에 살고 있다. 언제까지 이어질지 모르는 날들이지만 이 또한 지나가리라는 마음을 가지고 난 오늘도 출근한다. 하나의 에피소드처럼 코로나19 시대를 이야기할 수 있는 그날이 빨리 오기를 바라본다.

색깔로 보는 코로나 세상

서울의료원

일상의 빨간불. 일상의 멈춤과 멀어진 세상

2020년 1월 우리에게는 이름도 없던 우한발 신종 바이러스로 인해 제가 근무하고 있는 서울의료원은 감염병 전담병원으로 지정되었습니다. 2015년 메르스가 유행했을 때도 금방 지나갔기 때문에 코로나19 또한 금방 지나갈 것이라 믿었습니다. 그 믿음을 비웃듯이 코로나19는 나날이 기승을 부리고 현재까지도 제 일상을, 우리들의 일상을 멈추게 했습니다. 코로나19의 장기화로 거리두기 생활은 일상이 되었습니다. 이젠 이브닝근무를 끝내고 동기들과 술집에 모여서 마셨던 맥주가 그리워집니다. 5인 이상 집합 금지령이 내려지면서 8명의 병동 동기들과 다 같이 얼굴을 마주하고 밥을 먹을 수 없습니다. 그저 어서 이 코로나19가 종결되고 마스크를 벗고 만나는 날이 오기만을 바랄 뿐입니다.

저희 병동은 2020년 3월부터 6월까지 코로나19 환자를 보다가 다시 일반 병동에 복귀하여 근무하고, 21년 2월부터 현재까지 코로나19 환자를 돌보고 있습니다. 처음 코로나19 환자들을 맞이하기 위해 병동을 정리했을 땐 이 순간이 잠깐일 거라는 생각이 들었습니다. 텅 비어버린 병동과 음압기가 설치된 병실들을 보니 이제 정말 감염환자가 들어오는 걸 실감했습니다. 병동을 정리하고 끊임없이 Level D(방호복) 착탈의 연습을 했습니다. 그렇게 2020년 3월 병동에 첫 코로나19 환자분이 입원했습니다.

초반엔 코로나19 환자의 간호가 낯설기도 하고 흥미롭기도 했습니다. 상황실에서 환자분들의 상태를 CCTV를 통해 경과 관찰을 했습니다. Level D(방호복)를 입고 코로나19 병실로 들어가는 선생님들과 상황실 사이의 의사소통은 병실 전화기와 병원 메신저였습니다. 이 의사소통 방법으로 할 수 있는 간호를 모두 다 쏟아내고 상황실로 복귀했습니다. 코로나19로 인해서 평소에 시행했던 근무방식이 180도 바뀌었습니다!

코로나19 병동으로 바뀌면서 가족들과 생활하는 선생님들은 격리가 필요하다며 기숙사 신청을 받았었습니다. 고향 집에 자주 들렸던 저는 매우 찝찝해서 고향 집에 가지 않게 되었습니다. 코로나19 확진자의 밀접 접촉자인 내가 집에 가는 것이 민폐 같았습니다. 마트 가는 것도 민폐라 생각해서 배달로 식료품을 주문하고, 커피마저도 배달로 주문해서 먹었습니다. 그로 인해 제 세상은 병원 혹은 집이 전부였습니다. 세상에서 멀어진 기분이었습니다. 하지만 코로나19 때문에 집에만 있는다고 해서 재미없게 지낼 순 없지!

룸메이트랑 같이 달고나 커피도 만들어 먹고, 맛있는 것도 만들어 먹었습니다. 사람이 많이 없던 밤에 마스크 끼고 나와서 산책도 했습니다. 지금은 마스크를 끼며 어느 정도 일상을 생활하고 있지만, 초반 코로나19 시기만 생각하면 코로나19가 너무나 원망스러웠습니다. 물론 지금도 봄 향기, 초여름 밤 향기가 마스크에 가려져 맡을 수 없다는 것은 아쉽습니다.

코로나 블루

사람들의 마음은 파란불로 물들었습니다. 병동에서 격리치료 중인 환자분들의 마음도 파랗게 물들었습니다. 코로나19 초반에는 Nasal PCR에서 음성이 2회가 나와야 퇴원이 가능했습니다. 아쉽게도 음성이 2회 나오는 것이 여간 어렵지 않았습니다. 결과를 보는 우리도 항상 긴장했었습니다. 특히 negative 나와서 다음날 한 번 더 PCR을 뜬 환자분의 결과가, equivocal 나왔을 때의 안타까움에 자연스럽게 "아…"라고 탄성을 내뱉기도 했습니다.

격리 기간이 늘어나고 지속된 격리 생활에 고통스러워하는 환자분들을 많이 보았습니다. 결과를 듣고 좌절하기, 소리 지르기, PCR 검사 거부하기, 심하게는 병동의 기구를 파손하셨던 분까지 크고 작게 고통스러움을 표현했었습니다. 물론 지금은 임상적인 증상이 없다면 격리 10일 뒤 퇴원이 가능하지만, 여전히 자가격리 기간 동안 병원이라는 낯선 환경 및 음압기 소리 등으로 수면제를 원하시는 분들도 자주 보입니다. 수화기 너머 "불안하고 숨 막혀요. 잠이 안 와요."라는 말을 들으면 나도 코로나19로 제한된 일상을 살아도 답답한데, 격리치료하는 환자분은 오죽할까 싶어집니다. 수화기 너머 정서적 지지도 해보지만, 역부족일 때는 난감하기도 합니다.

코로나19 병동에서 일하면서 우울한 건 DNR[1] 환자분들의 죽음의 과정을 지켜보는 것입니다. 노부부가 같이 입원했는데 할머니의 컨디션이 점차 악화되어 임종을 맞이했습니다. 할아버지는 할머니의 임종을 끝까지 함께 지키겠다며 할머니의 옆에서 임종을 지키셨습니다. 할머니 인생의 마지막에 할아버지는 수고했다는 말을 해주셨습니다. 할머니의 임종 소식은 우울했습니다. 입원하는 기간이 길었고 그 기간 동안 계속 악화되어 돌아가는 과정을 봐서 그런지 더 마음이 슬펐습니다. 일반 병동에 있었을 때보다 코로나19 병동에서 임종을 더 자주 보았습니다.

코로나19가 장기화가 되고 나날이 상승하는 중증도로 인해 저 또한 코로나 블루가 찾아왔었습니다. 사회적 거리두기로 어디 돌아다니기도 쉽지 않았습니다. '돌아다녀서 불안할 바에는 그냥 가만히 있자.'라는 마음으로 가만히 있었지만 단조로워진 생활에 점차 무기력해졌습니다. 환자분들의 중증도 또한 늘어나면서 부담감이 증가

---

1) DNR(Do not Resuscitate, 심폐소생술 거부: 호흡 정지 상태나 심장무수축 상태가 되었을 때 전문심폐소생술이나 심폐소생술 따위의 조치를 취하지 않는 것

하자 스트레스가 늘어났습니다.

백신 접종 후 코로나19 세상 속 제 인생에 변환점이 왔습니다. 21년 3월 10일. 병원에서 화이자 백신 1차를, 3월 31일 화이자 백신 2차를 접종하였습니다. 무기력함을 떨쳐내기 위해 '백신도 접종했으니 운동을 시작하고 좀 더 건강을 챙겨보자!'라는 생각을 하게 되었습니다. 처음엔 마스크를 쓰고 운동화를 신고 무작정 중랑천을 달렸습니다. 달리기에 익숙해지면서 집 근처에 필라테스 학원을 등록했습니다. 달리기와 필라테스를 동시에 운동하고 활동량을 증량시키니까 저절로 활기가 느껴졌습니다. 운동 외에도 새로운 무언가 배우고 싶어서 미싱 공방을 등록했습니다. 취미가 늘어날수록 일상이 즐거웠습니다. 다양한 활동으로 시간이 꽉 찬 하루들을 보내지만, 에너지 넘치고 즐겁습니다. 자연스럽게 무기력함에서 탈출하고 일상에 집중하게 되었습니다.

일상으로 한걸음 나아가는 초록빛 희망

CCTV를 통해 환자분들과 거리는 멀어졌지만, 마음만큼은 가까웠습니다. 특히 힘이 났던 건 호흡곤란으로 산소공급이 필요했던 한 장기 입원 환자분이 HFNC[1]도 제거하고, 드디어 퇴원할 때였습니

---

1) HFNC (High Flow Nasal Cannula, 고유량 비강 캐뉼라 산소요법): 산소를 가온, 가습하여 고농도로 일정하게 공급하는 호흡치료

다. 전날 퇴원 설명을 위해 들어가서 설명을 하고, 오랫동안 격리치료로 힘들었을 텐데 끝까지 잘 버텨주셔서 감사하다고 인사를 드렸습니다. 그때 환자분이 악수를 권하며 그동안 친절하게 잘 봐주셔서 정말 감사하다고 했습니다. 악수했지만 장갑 때문에 온기를 느낄 수 없었고, 김 서린 고글 사이로 그렁그렁한 환자분의 눈만 얼핏 보았습니다. 하지만 마음은 온기가 느껴져 따뜻했었습니다. 이런 따뜻한 말 하나가 다시 마음을 다지게 했습니다. '병원이라는 치료공간은 환자에게 일상이 아니라 사건이다. 간호사는 환자에게 입원이라는 사건에 큰 영향을 미친다.' 학생 때 어디선가 읽었던 글귀입니다. 내가 감히 누군가에게 영향을 미치는 이 직업에 대한 부담을 느끼기도 했는데, '고마웠어요.'라는 말 한마디는 역으로 저를 힘나게 했습니다.

하루는 Level D(방호복)를 입고 들어가기 전에 선생님께서 등에 보노보노를 그려주셨습니다. 방호복을 입고 환자분들에게 저녁 식사와 약을 주고, 퇴원 설명을 하고 뒤를 돌아가는데 환자분 한 분이 "그 캐릭터는 손으로 그린 건가요?"라고 질문해 주셨습니다. 그렇다고 대답하니 그 환자분은 직접 그려진 캐릭터가 귀엽다고 칭찬해 주시기도 했고, 흰색 방호복만 보다가 이런 귀여운 방호복도 보니까 즐겁다고 말씀해주셨습니다.

손으로 그린 그림_누군가에겐 즐거움을 줄 수 있구나

그 말을 들었을 때 그저 귀여운 그림을 그리고 올라간다고만 생각했는데, '누군가에겐 즐거움을 줄 수 있구나'라는 생각에 아차 싶었습니다. 그림을 보고 조금이나마 즐거움을 느끼는 환자분을 보면서 괜스레 뿌듯하기도 했습니다. 힘들고 괴롭다는 소리보다는 행복하고 즐겁다는 소리가 좋은 건 어쩔 수 없나 봅니다. 환자분들이 입원하면서 매일 즐거울 순 없지만 이런 사소한 그림도 충분히 조그마한 활력을 줄 수 있다는 것을 알았습니다.

백신 접종이 활발하게 이루어지고 있지만, 여전히 코로나19 확진자는 계속 나오고 있습니다. 코로나19라는 빨간불 때문에 일상에서 멀어졌지만, 모두의 노력으로 일상으로 가는 초록불이 켜질 것이라 믿으며 오늘도 파이팅합니다!

우리의 보이지 않는
진정한 영웅은 바로 당신입니다

● 이수진

이화여자대학교 의과대학 부속 목동병원

2019년 겨울 우연히 뉴스를 통해 우한에 관련한 기사를 보게 되었고 그것이 우리의 삶을 바꿔놓을 수 있을지는 상상치 못한 일이었다. COVID-19라는 새로운 감염병이 생겨났다 해서 무심코 지나왔던 일상생활이 한없이 소중해지고 새로운 변화에 적응해야 하는 일들이 빈번해졌다. 처음 코로나19 감염병을 접하게 되고 직접 코로나19 환자를 접하게 되는 상황은 전 세계의 의료진 누구나 처음 있는 일이었고 그로 인해 두려움도 컸었다. 우리나라도 마찬가지로 처음 겪는 상황과 방역시스템에 대해 매일 뉴스를 통해 접했지만, 현실에서도 혼란스럽긴 마찬가지였다. 이러한 것들은 곧 우리 일상의 현실이 되었고 치열한 간호현장에서 직접 겪은 내용을 생각해본다.

COVID-19 중증환자 치료병동을 시작하면서

한창 중환자 병상 부족이라는 뉴스는 이내 곧 현실로 다가왔고 우리는 일반 병동에서 코로나19 중증환자 병상을 오픈하게 되었다. 코로나19로 인해 전 세계가 혼란스러움과 동시에 우리나라도 곧 대유행이라는 수식어와 병상 확보에 주력해야 한다는 의견이 연일 매스컴의 주요 사안이었다. 중환자 간호 인력의 확보와 더불어 각자 경험치가 다른 간호사들이 큰 함대를 이뤄, 한 병동을 만든다는 건 결코 쉬운 일이 아니었다. 막상 현실로 다가왔을 때는 사회 상황도 그렇지만 직접 간호를 제공하는 모든 간호사의 두려움과 혼란은 감수해야 하는 상황이었다.

처음 시작하면서 새로운 감염병에 대한 지식과 더불어 중환자 간호에 대한 필수적인 지식과 경험이 필요했다. 어떤 환자를 볼지 모른다는 점에서 중환자 간호 이외에 병동 간호업무도 병행해야 하는 복합적인 경력이 중요했다. 이와 더불어 신종 감염병에 대한 이해와 격리 및 감염 지침에 대한 지식도 필요했다. 환자를 보는 업무 외에 병실 환경정리와 미화 업무는 나이팅게일 선서식을 했던 학생 때를 기억하며 초심으로 돌아간 느낌이었다.

격리 공간 안에서의 간호사는 어떤 의료진보다도 혹독하지만 어떠한 상황에서도 침착해야 할 뿐만 아니라 빠른 판단력과 전문적인 의료지식이 필요하므로 인내력과 지식을 항상 겸비하여야 한다. 그뿐만 아니라 인류애적인 판단력과 서로를 배려하는 마음도 필요하다고 생각한다. 그리고 코로나19로 인해 근무하는 간호사는 감염병의 최전선에서 일하면서 많은 생각과 두려움이 있을 거라 생각된다. 그것을 극복하는 과정은 누구에게나 쉽지만은 않을 것이다.

관련된 의료와 의료 외 인력의 역할도 정말 중요하다. 직접 간호를 하지 않는 다른 의료진이나, 보조 인력 선생님들도 묵묵히 역할을 다하고 계시다.

COVID-19 환자는 우리의 가족

여러 환자분을 보았지만, 임종기 환자에 대한 마음은 무엇보다 안타깝고 슬플 때가 있다. 화창한 5월의 중순 어느 날 입원하신 한 할머니의 이야기는 많은 생각을 하게 하였다.

80대의 할머니가 입원하였다. 얼마 전 대장암을 진단받고 수술 예정으로 수술 전 백신 접종을 앞두다 증상 발병하여 입원하신 분이었다. 80대 노모를 가족 모두 간호하며 가족 전체가 접촉되었고 가족 중 확진자도 있는 상황이었다. 환자는 다른 병원에서 상태 악화로 선원 오셨지만, 상태 호전은 없었고 입원한 지 얼마 안 되어 이내 DNR까지 받은 상황에서 환자의 임종 전 1회 면회 진행을 하게 되었다. 막내아들은 환자의 손을 잡으며 "엄마 손을 이렇게 오래 잡아본 적이 없었네. 얼른 나아서 집에서 보아"라고 말하며 눈시울을 붉혔다. 이후 환자는 아들 면회 후 1시간도 안 돼 사망하였다. 평소 코로나19로 인해 예상치 못한 임종 전 보호자 면회를 진행하면서 안타까운 일들이 많았고 이런 상황까지 온 것에 대한 것에 대해 자책하는 가족들도 있었다. 누구나 죽음 앞에서는 무력해지고 평소 일상생활을 하던 환자들이 병실에 안타깝게 누워있는 모습은 가족들 처지에서는 충격적인 일일 것이다. 간호사 역시 임종 전 면회는 감정상 가장 힘든 일일 거라 생각된다. 물론 냉정함을 잃지 않아야 하지만 가끔 남모르게 눈물을 훔치는 간호사가 나뿐만이 아니었을 거라고, 나는 생각한다. 결국, 그날은 우리의 가족 한 분을 잃게 되었고 한없이 죄송한 마음이 드는 쓸쓸한 날이었다.

간호사라는 직업을 선택하면서 누구나 시간이 지날수록 직업에 대한 소명감이 생기는 것 같다. 힘든 순간에도 간호사로서의 소신을 지켜 온다는 건 어느 간호사나 중요하고 간호사 경력에 있어서 정말 중요한 거 같다. 나아가 혹독한 병원에서 살아남는다는 건 힘든 일일 것이다. 코로나19 시대를 살아가는 우리는 어느 시대보다 혹독한 시대를 보내고 있으며 하루하루 무사하길 바라는 마음으로 출근을 한다고 감히 생각해 본다. 방호복을 입게 되면서 나 자신도 모르게 멍하고 혼란스러워질 때가 있는 거 같다. 동료 중에는 업무 후에도 두통, 소화불량, 어지러움, 숨찬 증상이 간혹 있다고도 이야기하는 걸 들었다. 나 자신도 챙겨야 하는 의료진이기에 책임이 막중하다. 내가 아프면 가족과 동료들뿐만 아니라 환자들에게 피해가 간다는 생각을 코로나19 환자를 보게 되면서 더욱더 느끼는 거 같다. 또한, 모든 의료진이 그러하듯 가족을 돌보는 마음으로 업무에 임하리라 생각된다.

일상과 함께한 COVID-19, 희망을 꿈꾸며

평소 출근 전 "엄마 다녀오겠습니다", 퇴근 후 "다녀왔습니다"라는 인사말은 항상 4살배기 아이한테 일상적으로 하는 이야기이다. 하지만 아쉽게도 아직 아이와 주고받는 말은 없다. 생각해보면 코로나19와 우리 아이는 같이 성장하는 셈이다. 한창 또래들과 어울리고 할 시기에 많이 놓친 일상생활이 아이 엄마로서는 항상 안타까울 뿐이고 또래 친구 사귀기가 요즘 너무 어렵기도 하다. 그래서 그런지 아직 언어발달이 느려 표현력이 더딘 편이다. 부모로서 안타깝고 속상하지만, 희망을 품고 노력하고 있다. 우리 집만의 얘기가 아니리라 생각하며 하루하루 아이와 함께 성장하려고 애쓰고 있다. 그리고 모두가 그렇지만 코로나19로 인해 예전과는 다른 반복되고 제한된 일상을 지속하면서, 누구나 힘들기도 하고 지치기도 할 것이다. 마음먹기에 따라 다르지만, 이 고비를 현명하게 이겨내길 바란다.

우리 팀원과 모두의 아름다운 얼굴을 그리며

코로나19 중증환자 치료 병동을 시작한 이후로 같은 팀원 간 마스크를 벗은 모습을 본 적 없는 상황이 빨리 끝났으면 하는 바람과 함께 언젠간 코로나19가 종식되어 모든 사람이 마스크를 벗고 사람들과 상호작용도 하는 좋은 날이 올 것으로 생각하며 오늘도 하루를 시작해 본다. 그리고 현재의 변화된 사회는 우리 모두의 숙제이고 해결해야 할 인류의 최대 과제일 것으로 생각한다. 코로나19와 관련

된 의료진이 아니더라도 모든 전 세계 의료진의 하나같은 마음은 코로나19 종식을 간절히 원할 것이다. 하루하루 코로나19 환자를 돌보면서 현재의 환경만을 생각하는 것이 아닌 우리 전체의 희망을 품고 오늘도 간호업무에 임할 것이다. 그리고 영웅이라는 단어는 거창하게만 볼 게 아니라, 우리 모두 하루하루를 지켜나가는 영웅이라 생각한다. 또한, 우리나라의 모든 간호사 선생님들이 한없이 자랑스럽고, 한 명 한 명 코로나19 역경을 다 함께 이겨내는 영원한 영웅이 될 것이다.

\# 우리의 보이지 않는 진정한 영웅은 바로 당신입니다

일상으로의 동아줄

●박주영

가톨릭대학교 은평성모병원

2020년 2월 나는 대학병원의 평범한 호흡기내과 간호사였다. 2021년 6월 현재 나는 코로나19 안심병동 간호사이다. 이제는 어떤 일도 무리 없이 해결해 나가는 7년 차인 나는 지난 1년간 폭풍우 속에서 헤매다가 이제야 간신히 정신차리고 있는 중이다. 내가 겪은 폭풍우 속에는 뉴스에서 그동안 뜨겁게 다뤄졌던 모든 일이 포함된다. 병원 내 확진자 발생으로 인한 폐쇄, 같이 일했던 직원들이 접촉자로 분류되어 자가 격리되는 모습, 밀접접촉자로 분류되어 격리병실에 갇혀 억울해하는 환자들의 모습, 그 환자들을 치료하기 위해 보호 장구를 수십 번 입었다 벗었다를 반복하는 의료진들의 모습까지 말이다.

병원은 코로나19의 직격타를 맞는 최일선으로, 확진자 발생 추이에 따라 지속적으로 변하며 대응해 나갔다. 그 덕에 내 핸드폰은 온

갖 공지들로 시도 때도 없이 울려댔다. 뉴스에서 나오는 내용은 곧 병원 공지사항이 되었고, 그래서 나는 출근 전 뉴스를 보는 습관이 생기게 되었다. 지금 생각해보면 어떻게 버텼나 싶기도 한 날들이었지만, 그때는 그럴 생각을 할 여유도 없었던 것 같다. 이렇게 모두가 힘을 합치고 있으니, 조금만 더 하면 금방 끝날 줄 알았기 때문이다. 이렇게 우리 삶의 일부가 되어버릴지 그때는 정말 몰랐다.

국가의 최종대응은 코로나19 안심병원, 안심병동을 만들게 되었고, 난 이제 안심병동 간호사로 일하고 있다. 안심병동은 호흡기증상이 있거나, 발열, 폐렴이 의심되는 환자들을 다른 환자들과 구분하여 모아두는 고위험 병동이다. 그렇기에 병실 앞은 온갖 보호장구가 가득하고, 음압방도 3개를 보유하고 있으며, 전용 엘리베이터도 따로 있다. 호흡기증상, 발열, 폐렴이 의심되는 환자는 각각 응급실이나 외래에서 1차 코로나19 검사를 한 뒤 음성이 나오면 전용엘리베이터를 타고 음압방으로 입원을 오게 된다. 여기서 격리를 하게 되며 1차 코로나19 검사를 한 시간으로부터 24시간 뒤 2차 코로나19 검사를 하게 되고, 2차까지 음성이 나오면 담당의 확인에 따라 격리를 해지하는 시스템이다.

말로만 풀어서 설명했을 때는 별다른 문제도 없고, 환자들의 불만도 없을 것 같지만 실상은 확연히 다르다. 문제의 쟁점은 격리이다. 환자는 최소 24시간. 상황에 따라 더 많은 시간을 그 병실에서 한 발자국도 못 나오게 된다. 환자는 물론이며, 환자의 보호자도 당연히 자가격리 대상이다.

안심병동이 운영되는 초기에는 정말 각양각색의 이유로 병실 밖으로 나가겠다고 하는 사람들이 많았다. 예를 들어 "이렇게 입원할 줄 몰라서 차를 밖에다가 세워놨는데, 지금 주차를 다시 하고 와야 한다며, 차가 견인되면 책임질 것이냐"는 보호자, "격리되어서 못 나가면 일을 못 하니 노트북으로라도 일을 해야 되는데 잠깐 나가서 가지고 올 수 없냐. 아니면 가져다줄 수 없냐"며 차키를 넘기는 환자. 그냥 무턱대고 "내일 일하러 나가야 하니 나갈 거예요."라고 우기는 보호자 등 격리기간 동안의 모든 컴플레인은 간호사의 몫이었다. 그 외에 갑자기, 입원하게 된 환자의 경우 입원 준비를 하지 못해 최소 물품인 속옷이나 생수도 챙겨오지 못한 경우, 편의점에서 구매하여 격리방 안으로 물품을 공급하는 역할도 도맡아 하게 되었다.

음압방에 있는 환자들이 간호사와 소통 가능한 방법은 간호사 호출벨인 콜벨밖에 없었기에, 듀티의 시작부터 끝까지 콜벨과 함께했다. 다른 환자들을 처치하며, 콜벨이 울려서 가 보면, "물이 다 떨어졌다", "햇반을 데워다 달라" 등 너무나 기본적인 부탁을 하는데, 나도 모르게 짜증을 낸 적도 많았다. 보통 콜벨은 다른 일반 환자들한테는 응급상황 시에 눌러 달라고 교육을 하지만, 음압방 환자들에게는 나올 수 없으니 콜벨을 누르라고 내가 입원했을 때 교육했는데 말이다. 안심병동이 되면서 업무는 확실히 많아졌고, 간호사들은 이미 체력적으로 한계에 다다랐지만, 정신적으로 제일 지치게 했던 것은 면회 제한이다.

병원은 면회를 원칙적으로 금지하고 있다. 그렇기에 상주 보호자

없이 입원을 혼자 하게 된 경우 환자는 치료를 받고 보호자를 퇴원해서야 만날 수가 있다. 치료를 받고 건강히 퇴원하는 경우에야 괜찮지만, 환자의 상태가 안 좋아진 경우 보호자들의 전화는 병동으로 빗발친다. 보통의 보호자들은 생계를 위해 일을 하고 있기에 병원에 상주할 수 없는 경우가 많고, 코로나19 이전에는 일 끝난 뒤 병원에 면회를 오며 환자의 상태를 확인할 수 있었지만, 현재는 면회가 불가능하여, 환자의 상태를 확인 가능한 방법이 전화밖에 없는 실정이다.

특히나 임종을 직전에 앞둔 환자의 경우 부분적으로 최소의 인원만 면회를 잠시 허용하게 되는데, 이때는 보호자들의 감정이 격앙되어있기에 쉽게 언성이 높아졌다. 수많은 임종 전 면회를 진행하면서 제일 많이 들었던 말이 "아무리 코로나19라지만 마지막 인사는 하게 해줘야 되는 거 아니에요?" 이 문구였던 것 같다. 그래도 규정을 지키고, 다른 환자들을 지켜야 했기에 나는 허용된 면회 이외에는 철저히 제한하였고, 보호자들의 억울한 마음과 원망의 눈초리를 받아냈다. 최근 1년 동안 퇴사를 하겠다고 족히 100번을 말해 왔지만, 이제는 어느 정도 적응을 해가고 있다.

코로나19로 인해 환자와 간호사들은 서로 마스크를 쓰고 있고, 다인실에는 모두 커튼이 쳐져 있어 삭막해 보이긴 하지만 그 안을 들여다보면 환자들은 영상통화나 전화, 사진 전송을 하며 보호자와 비대면 면회를 각자 진행하고 있는 따뜻한 모습을 볼 수 있다. 그 모습들을 보면서 나도 변해가고 있는 것 같다. 이전에는 환자가 치료 잘 받고 퇴원하는 것에 초점이 맞춰져 있었다면, 지금은 포스트코로나19 시대에 맞춰 적응하는 것을 도와주고, 일상으로 돌아갈 수 있는 튼튼한 동아줄 역할을 해주는 게 내 역할이라고 생각한다. 생각이 바뀌자 이전의 모든 업무에 대한 태도도 바뀌게 되었다. 눈에 보이지는 않지만 튼튼한 동아줄 역할을 하기 위해 나는 오늘도 뉴스를 들으며 출근을 할 것이고, 수없이 울리는 콜벨과 전화벨 소리를 익숙하게 받아내며, 사진 전송이나 영상통화를 연결하지 못하는 어르신들에게 방법을 알려주고, 음압방에 격리되어 있는 환자에게 가득 물을 떠서 가져다줄 것이다. 코로나19가 끝날 때까지. 우리가 일상으로 돌아갈 때까지.

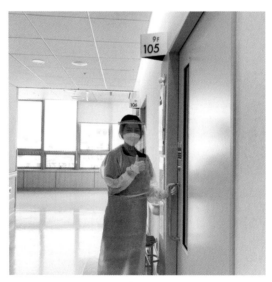

\# 일상으로의 동아줄

코로나19를 겪으면서

●한혜미

서울특별시 보라매병원

COVID-19의 CO는 corona, VI는 virus, D는 disease로 2019년 12월 중국 우한에서 처음 발생하여 세계적인 대유행을 일으킨 팬데믹이다. 한국의 첫 감염자는 2020년 1월 한국으로 방문한 중국인으로 알려져 있다. 국내 코로나19 감염자가 급증하면서 대한민국 정부는 이에 대응하기 위해 많은 노력을 쏟고 있다. 대표적인 예로 초기에 우한 교민 이송을 위한 전세기를 투입하였고, 국내의 마스크 수급이 불안정하여 공적 마스크 제도를 시행하였으며, 전국민을 위한 긴급재난지원금 지급, 사회적 거리두기 제도 도입 등에 힘써오고 있다. 코로나19의 치료로는 2주 정도의 자가 격리, 항바이러스제(렘데시비르) 등이 있으며 2020년 하반기에 백신이 개발되면서 현재까지 전 국민을 대상으로 접종을 시행하고 있다. 현재 내가 일하고 있는 보라매병원에서는 희망관 4~7층을 격리병동으로, 5월 기준 남산과

호암 생활치료센터를 운영하며 확진 환자들을 치료하고 있다. 이 외에도 선별진료소, 안심병상 운영, 보건소 및 유관기관과의 협업을 통해 백신 접종 시행에도 기여하고 있다.

2020년 7월부터 코로나19 병동에서 현재까지 근무하고 있으면서 많은 환자를 만나고 그들을 치료하고 있다. 격리병동에서 일한다고 하면 힘들지 않냐며 나를 걱정 어린 시선으로 보는 사람들이 간혹 있었다. 처음에는 Level D(방호복)를 입고 오랜 시간 격리병동에 들어가 환자를 치료하는 것이 무척이나 힘이 들었다. 자주 격리병동에 들어갈 수 없는 근무환경에서 한꺼번에 일을 해야 하는 것에도 부담감을 느꼈으며, 체력 소모도 이만저만이 아니었다.

Level D(방호복)를 입고 한여름에 1시간 이상 환자를 보고 격리병동에서 나오면 온몸이 땀으로 젖어 녹초가 되곤 했다. 그럴 때면 병동에 있는 시원한 물과 얼음을 마시며 수분섭취를 하고 바닥난 체력을 이끌고 또다시 중무장한 채로 격리병동에 들어가야 했다. 또한, 감염의 위험성을 항상 수반해야 하며 나로 인해 가족들이 감염되지는 않을까 걱정스럽기도 했다.

이렇게 나 자신에 대해서만 생각하며 일했던 초반과 달리 1년 가까운 시간이 지난 이 시점에서의 나의 마음가짐은 사뭇 달라졌다. 격리병동의 환자들은 한번 병실에 입실하게 되면 격리해제가 될 때까지 문밖으로 한 발자국도 나갈 수 없게 된다. 그들은 좁은 창문을 통해, 그것도 한정된 바깥의 풍경만 볼 수 있으며 운이 좋지 않으면 창문 옆자리를 배정받지 못할 수도 있다. 그리고 병원에서 제공되는 식사 이외의 음식반입이 불가능하며 2주 동안 개인의 자유를 빼앗기고 병원의 정해진 규칙을 따라야 한다. 그렇게 입원을 하게 되면 환자들은 격리병동에서 오롯이 혼자만의 시간을 보내게 된다. 물론 젊은 연령층의 환자들은 혼자 있는 것에 익숙하기 때문에 휴대폰, 태블릿 pc, 노트북 등으로 여가시간을 보내지만, 요양병원에서 온 고령의 환자 또는 보호자의 도움을 받아 일상생활을 해야 하는 환자들은 병동에서 홀로 고독하게 시간을 보내게 된다. 세상과 온전히 떨어져 있어 휴대폰에 의지해 걸려오는 전화기의 목소리를 통해 바깥세상과 소통하며 이마저도 없을 시엔 대부분의 시간을 침대에 누워 외롭고 쓸쓸하게 시간을 보낸다. 또한, 병원 생활을 많이 해보지 않은 사람들은 익숙하지 않은 병실 생활에 대해서 많은 고충을 토로하기도 한다. 답답한 병원 생활, 음압기의 소음, 커튼 없이 탁 트인 공간에서 다른 사람들과 함께하는 생활, 24시간 CCTV로 병실을 녹화하고 있기에 보호받지 못하는 개인의 사생활 등이 그에 포함된다.

하지만 가장 심각한 문제는 코로나19 바이러스에 걸려 사회에서 '확진자'라고 낙인찍히는 것과 퇴원 후 이전처럼 일상생활로 돌아갈 수 있는지에 대한 걱정, 같이 확진 받은 가족들의 악화된 건강 혹은 자신의 건강상태 등 환자들이 스스로 느끼는 불안감이 가장 큰 것 같다. 처음부터 이런 생각들을 가지고 일했었던 건 아니다. 단순히 주어진 업무를 했을 뿐, 오로지 '나'를 중심으로 생각하며 일했다. 하지만 언제부턴가 격리병동에서 환자를 만나면 간호사가 왔다고 무척이나 반가워하거나 환자로서 치료받으러 온 입장임에도 불구하고 "고생이 많다, 치료해줘서 감사하다"며 격려의 말을 건네주는 환자들의 모습에 나 자신이 아닌 환자의 입장에서 생각하고 공감을 가지기 시작했다. 그래서 환자들에게 먼저 다가가기 위해 처음에는 최근 날씨 같은 시답잖은 이야기부터 시작해 현재 환자의 건강상태와 치료 방향, 호전된 다른 환자들의 사례까지 설명하면서 친밀감을 형성하고 잘 이겨내고 있다며 그들에게 힘을 북돋아 주려고 노력했다. 치료와 더불어 정서적인 지지를 제공해주고 격리 해제되어 퇴원하는 환자들을 보며 이전보다 훨씬 더 큰 성취감을 느꼈다. 환자들이 먼저 내게 다가와 줌으로써 환자를 더 많이 이해하며 간호할 수 있었고, 일반 병동에서보다 내면적으로 성장한 내 자신의 모습을 볼 수 있었다. 이젠 사람들이 격리병동에서의 일이 힘들지 않냐고 물으면 오히려 더 많은 것을 얻었다고 당당하게 말할 수 있을 것 같다.

코로나19가 장기화되고 있는 이 시점의 대한민국에는 많은 변화가 찾아왔다. 마스크를 쓰지 않고는 외출하지 못하며 실·내외에서의 필수적인 마스크 착용, 어두웠던 밤을 밝혀주는 상점의 간판들은 이제 오후 10시 이후 그 빛을 잃었으며, 5인 이상의 모임을 금지하여 추석, 설날을 비롯한 연휴에 모이지 않는 가족들, 원격 수업이나 zoom으로 하는 화상 강의를 통해 학교에 가지 않고 온라인상에서 학습을 하는 학생들의 모습 등이다. 익숙했던 일상에서의 생활이 불편하게 느껴지며, 모르는 사람과 대면하여 대화하는 것이 어색해지고, 함께하는 공동체 생활이 사라지면서 1인 가구들의 모습이 점점 늘어나게 될 것이다. 이렇게 많은 사람이 팬데믹 현상에 지쳐있지만, 이 시점에서 더 긴장을 늦추지 않고 격리원칙을 잘 지켜야 한다고 생각한다. 비록 지금은 뜻하지 않게 찾아온 불행이라고 생각될지 몰라도 코로나19가 종식될 때까지 모두가 잘 버텨준다면 더 나은 미래가 찾아오지 않을까?

Anxious Christmas Eve

● 한 올

이화여자대학교 의과대학 부속 서울병원

"선생님, 14호 ○○○ 님 코로나19 검사 양성 나왔어요."

크리스마스 이브를 하루 남겨 둔 12월 23일 저녁, 데이근무를 마치고 집에서 저녁을 먹고 있는데 병동에서 연락이 온 것이다. 환자는 코로나19가 의심될 만한 증상이 전혀 없던 20대의 환자로, 입원 전에 코로나19 검사를 시행하고 검사 결과를 기다리는 상황이나 영양 상태가 불량하고 혈변이 지속되는 상태로 입원 치료가 시급하여 먼저 입원을 했었다. 재검을 통해 확인한 환자의 검사 결과는 결국 코로나19 양성이었다. 결국, 아무도 예견하지 못한 일반 병동 코로나19 확진자의 출현으로 나를 포함하여 양성 환자와 접촉한 모든 간호사는 코로나19 검사를 받으라는 소식이 떨어졌다.

그쯤에는 무증상 확진자가 계속 발생하고 있던 추세였다. 솔직히 뉴스에서만 봤던 무증상 확진자가 이렇게 가까이 있었을 거라는 생각도 하지 못했다. 환자는 노량진 고시원에서 생활하며 공무원 시험을 준비하는 동안에 계속된 설사와 혈변으로 잘 먹지 못한 상태였다고 한다. 지금 생각해보니 영양 불균형으로 인해 면역력이 함께 떨어지고, 고시원, 학원과 같이 많은 인원이 거리를 두기가 어려운 상황, 환기가 원활하게 되지 않는 장소에서 노출되다 보니 코로나19 바이러스에 감염이 되지 않았을까 조심스레 추측되었다. 통화를 끝내자마자 바로 마스크를 집어 착용했다. '혹시 내가 코로나19에 걸려 가족들에게 전염되면 그다음은 무엇을 어떻게 해야 하지?' 꼬리에 꼬리를 무는 불안감과 안개처럼 걱정이 몰려들었다.

다음날인 12월 24일 오전 9시, 코로나19 검사를 받으러 선별진료소로 갔다. 아직 진료소의 문이 열기 전인데도 대기 인원의 줄은 길었다. 추운 겨울에 모든 인원은 불안감을 안고 밖에서 대기해야 했으며, 일찍 온 게 무색하도록 2시간이라는 대기 시간이 지나야 검사를 받을 수 있었다. 코 안으로 깊숙이 파고드는 검체 채취는 뇌를 바늘로 찌르는 것 같았다. 코로나19가 대유행하면서 외부생활을 일절 하지 않으면서 집과 병원만 오가고, 나름 철저히 지켰던 방역수칙들이 너무도 허무하게 느껴졌다. 결과가 나오기를 기다리면서 홀로 방안에서 자가격리를 시작했다. 가족들은 이미 소독을 했는지 알코올 냄새가 풍겼고, 나는 손 소독제, 물과 비상식량을 가지고 방 안에 들어갔다. 확진자와의 접촉으로 내가 코로나19에 걸릴 수도 있다는 위기감은 곧 나와 내 가족의 모든 생활을 마비시키고 통제했다. 크리스마스 이브에 한집에 사는 가족들과 얼굴을 보기는커녕 전화나 카

톡을 통해서 짧고 굵게 할 일과 앞으로의 상황에 대해 언급했다. 사회생활을 하는 가족들은 혹시라도 내가 양성판정이 나온다면 구성원 모두가 자가격리를 해야 하는 상황이 생길 텐데, 그렇다면 어떻게 생활을 해야 하는지 의견이 분분했다. 아직 어떤 것도 확신할 수 없었고 결정할 수도 없었지만 그러한 불확신이 우리 가족을 공포로 밀어 넣었다. 검사 결과를 기다리는 하루가 그 어떤 때보다도 길게 느껴졌다.

한편 병동에서는 코로나19 확진자가 나온 그날과 다음날까지 아비규환이었다고 동료가 전해왔다. 코로나19 양성반응 결과를 확인 후 바로 코로나19 확진자와 같은 병실에 있던 밀접 접촉자는 코로나19 전담 병동으로 이동시켰다. 더욱이 코로나19 전담 병동으로 환자를 이동시키는 과정에서 코로나19 확진자와 같은 공간에 있었다는 것을 알게 된 같은 방의 환자 및 환자 가족들의 민원이 동시다발적으로 발생했다. 환자와 밀접 접촉자는 말기 암 환자였으며 그로 인해 가족들은 심리적으로 예민해져 있는 상황이었는데, 코로나19 확진자와 같은 병실을 사용했다는 사실은 불에 기름을 붓는 격이었다. 많은 간호사가 자가격리를 들어가고 부족한 인력에 코로나19 감염에 대한 두려움, 예민해진 환자 가족의 분노에 응대하느라, 본래의 업무 외에서 벌어진 사고에 대처하느라 이미 지친 간호사들은 정신적으로 힘들었다. 이후에는 병동 환자, 병동 직원의 코로나19 전수조사가 이루어졌다. 한 병동 내의 모든 환자 대상으로 긴급히 시행된 코로나19 검사는 평소의 업무 분량을 훨씬 넘다 보니 현장의 의사와 간호사 모두 업무가 지연되고 피로는 가중되었다. 보건소에서 병동방역을 실시했고, 주임선생님과 파트장님은 크리스마스 이브, 크리스마스 이튿간 오프를 반납하며 사태를 수습하고 환경정리를 하며 마무리했다.

다행히도 코로나19 밀접 접촉자의 코로나19 검사 결과는 음성이었지만, 우리 모두 여전히 두렵고 지친 마음이었다. 하지만 우리에겐 간호해야 하는 병동 환자들이 있었고 타 병동에서도 내 일처럼 적극적으로 도와주어 어려운 시기를 헤쳐나갈 수 있었다.

"○○ 님, 12월 24일 코로나19 진단검사 결과 음성입니다."

12월 25일 오전에 받은 문자였다. 크리스마스에 받은 문자 중 가장 반가운 한 통이었다. 아침부터 핸드폰을 보면서 결과 문자가 언제 오나 고대했는데 막상 결과를 받고 보니 '나는 코로나19에 걸리지 않았다'는 안도감이 들었고, 한편으로는 음성 결과를 받기 위해서 마음 졸였던 것, 이 생각 저 생각으로 잠 못 이뤘던 걸 생각하니 허무감도 들었다.

알 수 없는 질병 앞에서 공격 및 방어가 아니라, 현재 상황에서는 피하거나 무너질 수밖에 없는 인간의 나약함과 스스로가 통제할 수 없는 상황에서 오는 무력감은 매우 컸다. 그리고 힘든 상황 속에서 병동을 지켰을 동료 간호사들과 밀접 접촉 간호사, 밀접 접촉 환자들이 겪을 2주간 불편한 생활에 안타까움을 느꼈다. 그리고 이전에는 뉴스를 통해서 막연히 느꼈던 코로나19 확진자들의 어려움이, 치료제가 없는 현 상황에서 그들이 필연적으로 느끼게 될 완쾌 가능

여부에 대한 불안감이 얼마나 클지 조금이나마 이해가 됐다. 특히나 장기간으로 이어지는 격리 생활로 우울과 사회적 낙인 등과 같이 예민해질 수밖에 없는 심리 상태 또한 알 수 있었다. 그리고 그런 환자 옆에서 직접 간호하는 간호사들의 마음 건강상태와 그들은 누가 어떻게 보호해주고 있는지도 염려되었다. 그들은 기습적으로 발생한 동료들의 공석을 오늘도 채우고 자칫하면 코로나19 바이러스에 감염될 수 있는 상황에 몸을 담근다. 코로나19 확진자의 손과 발뿐 아닌 어떤 상황이 오더라도 다 받아주며 오늘도 간호사라는 본인의 자리를 떠나지 않는다. 내가 겪었던 무력함과 불안이 뒤섞였을지 모를 그곳에서 묵묵히 일하는 그들에게 박수를 보내며 당신의 마음은 오늘도 안녕하냐며 마음으로 안아주고 싶다.

1년 이상 지속되고 있는 코로나19가 하루빨리 종식되어 이전과 같은 일상 속의 안전을 느끼고 싶다. 무엇보다도 코로나19로 인해 고생하고 있는 모든 의료진이 자유롭길 바란다.

간호에 진심인 간호사를 위한 기도

● 장안우

가톨릭대학교 서울성모병원

2020년, '코로나19'라는 유례없는 바이러스가 전 세계적으로 퍼지기 시작했다. 그로 인해 우리는 현관문을 나서기 전 반드시 입과 코를 가려야만 외출이 허락된다. 집 밖을 나서면 모두가 눈만 빼꼼히 내놓고 얼굴 전체를 다양한 색깔의 마스크로 가리고 있다. 마스크에 익숙해진 지금, 바깥에서 마스크를 안 쓰면 죄인이 된 거 같고 발가벗은 기분까지 든다. 2년 전까지만 해도 상상할 수조차 없는 일이었다.

나는 작년 1월까지 3차 종합병원의 감염 격리병동에서 근무하는 11년 차 간호사였다. 2011년 지금의 병동이 처음 만들어졌고 다양한 항생제에 내성균이 검출된 환자나 공기매개 감염환자(결핵, 수두 등)를 격리하는 곳이었다. 비교적 음압시설이 잘 갖춰졌기 때문에 '코로나19'가 전파되기 시작할 무렵, 우리 병동이 코로나19 병동이 되면 어쩌지? 그러면 나는 어떻게 해야 할까? 아직 어린 두 자녀의 얼굴이 스쳐 지나가며 이런저런 복잡한 생각들이 교차했다. 나의 예상대로 우리 병동은 코로나19 중증환자를 받는 곳으로 변경된다는 소식이 들려왔고 병동 간호사가 아닌 여러 중환자실의 고연차 간호사로 이뤄진 Team이 꾸려졌다. 나의 10여 년간의 일터는 여러 공사를 거쳐 더욱더 밀폐되고 미로 같은 공간으로 바뀌었다.

반면 집을 잃은 우리는 같은 층의 다른 부서 간호사들과 함께 기존 의중 병동을 새로운 곳에서 꾸리기 시작했다. 코로나19 바이러스의 출현은 모두를 날 서게 했다. 내규가 아직 채 만들어지기도 전에 여기저기서 사건 사고가 속출했다. 폐렴소견으로 '코로나19'가 의심되는 환자는 24시간 간격으로 2회 이상 음성이 나와야만 격리가 해제되는데 1회만 음성이 나온 환자가 자정 넘어 임종했다. 그때까지 1회만 음성이 나온 의심환자가 임종할 경우의 원내 이동 동선은 아직 내규에 정해진 바가 없었다. 후배 간호사는 영안실로 이송도 못 하고, 나머지 가족들이 임종 면회도 할 수 없는 상황에 대해 보호자에게 차근차근 설명하고 위로를 해주느라 정신이 없었고, 나는 이브닝 근무임에도 발걸음이 떨어지지 않아 감염관리실과 수간호사선생님께 상황 통보를 하고 해결책을 모색했다.

몰려오는 의심 환자로, 초과근무는 일상이 되었다. 그 사이 의사 파업도 있었다. 엎친 데 덮친 격이었다. 언론에서는 갑론을박이 비일비재했고 병원 앞에는 피켓 시위가 즐비했지만 우리는 묵묵히 조용히 일할 수밖에 없었다. 병원, 그리고 돌봄의 손길이 필요한 환자분들을 지켜야만 했기 때문이다. 확산세가 줄 것 같더니 도리어 점차 퍼지기 시작하자 중증 격리실의 고정 인력이 필요해졌고 급기야 수선생님은 우리에게 면담을 요청하셨다. 만약에 '코로나19' 중증 확진 환자를 보게 되면 돌볼 수 있겠냐고 말이다. 모두가 우왕좌왕했다. 과연 그동안 접해보지 못한 중환자실의 여러 기계를 새로 배우면서 역시나 접해보지 못한 중증 확진 환자를 돌볼 수 있을지 사실 두렵고 무서웠기 때문이다. 하지만 간호사라는 사명감이 두려움을 앞선 것일까! 12명의 부서원 모두가 동의한 끝에 의심환자가 아닌 확진 환자를 간호하게 됐다. 우리는 중환자실 신입간호사와 동일하게 이론과 술기 교육을 받았다. 다시 신입간호사가 된 기분이었다. 기존 병동의 고연차 간호사들은 서로 모르는 정보를 공유하기도 하고, 한참 어린 중환자실 간호사에게 CRRT기계나 인공호흡기에 대한 자문을 구하기도 했다. 창피함보다는 환자에게 해가 되지 않은 간호를 하기 위한 몸부림이었다. 낯선 Level D(방호복)를 입고 처음 코로나19 중증 격리실 입구로 들어가서 확진 환자를 봤을 때 그 기분은 너무나 복잡하고 오묘했다. 거장 '미야자키 하야오' 감독의 만화영화 '바람계곡의 나우시카(1984년 제작)'의 '나우시카'가 된 기분이었다. '부해'라는 유독가스를 내뿜는 식물로 인해 대지는 폐허로 변하고 사람들은 마스크를 쓰지 않으면 단 5분도 견디지 못하고 죽어버리는 재앙의 땅에 살고 있다는 설정이다.

거장의 선견지명일까! 거리의 모든 사람이 마스크를 써야 하는 상황이 흡사 지금의 코로나19 시국과 너무 비슷했다. 의식이 있는 환자분 중 어떤 분은 간호사가 병실을 나가야만 마스크를 벗고 식사를 하곤 했다. 본인의 양칫물을 모두 비닐봉지에 뱉은 후 독한 소독액을 뿌리고 꽁꽁 묶을 때의 기분이 어떨지 마음이 아팠다. 우리가 중환자 간호에 익숙해질수록 그동안 이론적 배움에 급급해서 보이지 않았던 부분들이 보이기 시작했다. 중증도가 다소 낮은 환자분들은 극심한 고립감과 폐쇄공포증을 호소하며 충동적인 행동을 보이는 경우도 있었고, 마치 아기처럼 24시간 간호사를 찾는 환자분도 있었다. 불안해하는 환자의 손을 잡아주기도 하고 밥을 직접 떠 먹여주고 물수건으로 부분 목욕도 시켜드려야 했다. 일반적인 간호환경과는 매우 다른 환경이었다. 예기치 못한 응급상황 시에는 시간이 제법 걸리는 방호복을 빨리 입고 들어가려다 넘어지기도 하고, 두꺼운 갑옷과 같은 방호복을 입고 장갑을 3개 낀 상태에서 1회용 산소주머니를 짜고, 1회용 후두경으로 기관 삽관을 시도하다가 잘 되지 않아서 몇 번의 실패 끝에 겨우 성공했던 적도 있다.

가장 힘들었던 것은 코로나19 환자의 임종이었다. 임종 후 CCTV 면회를 하고 이중 지퍼백에 싸여진 채 병실로 올라오는 관에 밀봉되어 화장터로 가는 코로나19 환자의 임종 절차는 수년간 수차례의 임종 간호를 경험했던 고연차 간호사들에게도 너무 낯설고 가슴 아픈 순간이었다. 직계 가족 모두가 격리 중이어서 연락 끝에 병원 출입이 가능한 사촌 동생 혼자 임종 면회를 하러 온 적도 있었고, 영상통화로 울먹이며 마지막 말을 전하는 딸의 목소리를 들으며 같이 눈물을 살포시 훔친 적도 있다. 애써 담담하고 씩씩한 척 일하고 있지만 이러한 생소한 경험은 코로나19 중환자 간호사들의 마음에 생채기처럼 남아있다. 하지만 마음의 생채기를 추스릴 시간조차 없이 우리 모두 이 새롭고 낯선 환경에 빨리 적응해야만 했고 변화무쌍하게 바뀌는 지침들도 부지런히 숙지해야만 했다. 나보다 더 불안하고 힘든 코로나19 환자는 바이러스의 전파자 이전에 우리의 손길이 절실히 필요한 소중한 한 생명이기 때문이다. 사회에서 격리된 코로나19 환자는 하루아침에 카프카 소설 '변신' 속 주인공처럼 자신 스스로가 사람에서 벌레로 변한 것처럼 느껴질지 모른다. 바이러스와의 고독한 싸움이 끝나면 사람들이 인식하지 못하는 차별들, 그럼에도 합리화하는 이중적인 세상과 싸워야 할지도 모른다. 완벽한 방역은 어둡고 기나긴 터널을 지나는 것과 같이 불안하고 힘든 코로나19 환자의 마음에 24시간 등불이 되어 줄 수 있는 따뜻한 마음이 진심 어린 간호가 아닐까 싶다. 그리고 늦은 감이 있지만 '코로나19' 사태로 인해 그간 다소 소외되었던 간호사 돌봄의 역할과 중요성이 부각되기 시작했다. 그 예가 보건복지부의 간호정책과 부활이다. 그 여파에 힘입어 간호법 제정까지 추진되고 있다. 세계 90개가 넘는 나라에서 간호사에 관한 별도의 법을 만들어 운영하는 마당에 보건인력의 50% 이상을 차지하고 K방역의 주역인 간호사를 위한 간호법이 없다는 것은 매우 아이러니한 일이라 생각한다. 시키지도 않는 일을 열심히 하는 사람을 볼 때 우리는 '○○에 진심이다.'라고 말한다. 누가 알아주지 않아도 그들은 늘 한결같다. 간호에 진심인 간호사는 한 치의 타협 없이 환자에게 진심 어린 간호를 한다. 앞으로 제 2의 코로나19, 제3의 코로나19와 같은 상세 불명의 바이러스가 또 다시 다가올지도 모른다. 나의 후배간호사들은 마음의 생채기를 회복하기도 전에 간호사라는 사명감에 애써 지친 몸을 이끌고 방호복을 입다 쓰러지는 일이 없기를 기도한다. 또한, 소외된 환자를 진심으로 간호할 수 있는 간호사들이 세상 속으로 뻗어 나갈 수 있는 환경이 마련되기를 마음속 깊이 기도한다.

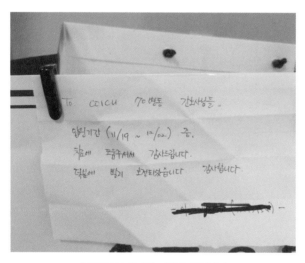

\# 코로나19 환자의 퇴원 후 감사편지

4부

함께
이기리라

같은 위험에 마주친 모든 생명을 위한 기도

●남궁선

이화여자대학교 의과대학 부속 서울병원

2020년 1월, 중순의 어느 날 저녁 뉴스에서 중국 우한발 입국자가 신종 바이러스로 인한 폐렴에 확진되었다는 보도를 듣던 나는 이제 막 임신 8개월 차에 접어든, 의학적으로는 노산에 접어든 임신부였다. 결혼 후 5년 만에 갖게 된 첫 아이, 입덧으로 한 달여간 입원 생활을 했던 30대 중반의 초산모는 지나가는 바람에도 예민하게 굴던 시기였고 우한 폐렴이라 지칭되어 불리게 된 신종바이러스-코로나19 바이러스의 연이은 확진 소식과 속보들은 더욱 그 속을 긁어대는 기폭제였다.

당시 나의 근무지는 외래 부서, 그중에서도 심장혈관과 뇌혈관을 진료하는 센터로 하루에 평균 400명이 오고 가는 메인 부서였고 코비드 시국 초기의 시민의식은 바이러스가 걷잡을 수 없이 퍼지는 속도와는 대조적으로 인지 속도가 미미했다. 심장이 아프고 뇌혈관이 막힌 노인들은, 의료보호대상자로 하루하루 꼭 챙겨 먹어야 하는 약값조차 겨우 마련해오던 그 환자들은 바이러스가 퍼지는 속도를 따라잡을 수량의 마스크를 구할 수 있는 여유가 없었다. 명치를 짓누르는 만삭의 배로 근무하던 나는 가만히 있어도 숨쉬기가 힘들었지만 오로지 배 속 아기를 위해 마스크를 이중으로 착용하고 환자들을 응대했다. 마라톤 결승선에 들어온 사람처럼 설명하는 목소리의 끝이 헐떡이고 숨이 찼지만, 그저 아기 생각뿐이었다. 의료인으로서, 간호사로서, 한 아이의 엄마로서 나는 온 나라의 면역체계가 무너져가는 상황 안에서 내 아기의 안전 장벽을 유일하게 만들어내는 존재였으므로.

2020년 2월, 임신 9개월 차에 온몸이 붓고 혈압이 높아져 산부인과 진료를 본 뒤 나는 자간전증 진단을 받았다. 동료들과 인사도 제대로 나누지 못하고 부랴부랴 들어가게 된 휴가는 출산휴가가 아닌 병가였다. 발이 부어서 맞는 신발이 없어서 남편의 운동화를 신고 출퇴근하던 그때, 나는 이기적이게도 병가로 집에서 은둔히게 되니 차라리 잘 되었다 생각하며, 호흡곤란으로 앉아서 잠을 자는 신세였음에도 안도했다. 병문안을 오겠다는 친구들도, 가족들도 모두 거리를 두고 아기에게 안전한 상황을 만들어야겠다는 압박감에 출산일까지 집에만 틀어박혔던 그때에도 코비드는 계속 우리 곁으로 깊숙이 파고들고 있었다. 2020년 3월, 막달 진료 후 현재의 컨디션으로는 자연 분만이 불가능하다는 의학적 판단을 받았다. 그리고 마지막 주 월요일 아침, 제왕절개수술로 38주 동안 품고 있던 딸을 만났다.

내가 병가로 은둔하고 있는 동안 병원과 지역사회는 바이러스에 대한 차단 계획과 시행에 대한 준비가 끝나 있었고 우리 병원의 모든 의료진은 KF94마스크를 착용하고 근무 중이었다. 환자로 입원하게 된 나 역시 병실 내에서도 마스크를 착용하고, 딸에게 처음 보여주는 부모님의 모습도 마스크를 쓴 얼굴이 당연했다. 퇴원 후 조리원 생활 역시 외출, 남편의 출퇴근이 철저히 금지된 채 격리 생활의 의무화였지만 곧 지나간다고, 연말이면 정리가 될 거라고, 그렇게 믿고 견뎌냈던 시간이었다. 하지만, 딸의 소아청소년과 진료와 나의 산부인과 진료를 위해 병원에 오고 갈 때마다 상당수의 환자는 의료진의 권고에도 불구하고 마스크 착용이 제대로 이루어지지 않았고 알 수 없는 의무감에 그들에게 건네고 만 조언의 끝은 날카로운 언쟁으로 번지기도 했다.

"마스크 좀 써주세요!"

"내가 알아서 해! 당신이 무슨 상관이야!"

"환자분을 위해서가 아니라 다른 사람들을 위해서 마스크는 꼭 착용해야 해요!"

"아니 이 사람이 누굴 바이러스 취급하고 있어!"

참혹하리만큼 슬픈 대화였다.

마스크는 과학이고, 그 과학을 부정하는 자들은 또 다른 과학에 의지하여 약을 처방받고 치료를 받으러 병원에 온다. 지금 당신들이 하는 잠깐의 착각이 어떤 나비효과로 다른 이들에게 날아갈지. 말이 통하지 않는 자들을 지나칠 때마다 마음속에 벽이 하나씩 생기는 기분이었다. 이제 태어난 지 한 달 남짓 되어가는 아기는 호흡곤란과 질식의 위험으로 마스크를 쓰지 못하는데, 어린 아기들에게 배려가 없는 어른들이 미웠다. '내 딸이 아프기라도 하면 정말 가만히 있지 않을거야.' 알 수 없는 상대를 향한 분노가 차오르던 봄날이었다.

2020년 5월, 새벽 수유를 하던 딸이 갑자기 청색증을 보이며 숨을 제대로 쉬지 못했다. 14년 차 간호사지만 2개월 차 초보엄마기도 했던 나는 허둥지둥 눈물을 쏟으며 딸을 안고 병원에 달려갔고 조그만 내 딸아이는 동맥관개존증 진단을 받았다.

"어머니, 크기가 제법 커요. 상태를 지켜본 후 아기가 좀 더 자라면 수술합시다. 그때까지는 폐렴, 감기 등 호흡기 질환을 조심하셔야 해요."

수년간 함께 일한 나를 잘 아는 소아 심장 파트 교수님이 내 손을 꼭 잡아주며 '엄마가 심장내과 간호사라서 더 잘 아는 만큼 무서울 거라고, 완치할 수 있는 병이라고 누구보다 잘 알고 있으니 너무 걱정하지 말고 잘 치료해봅시다.' 해주시던 위로의 말에도 눈물은 쉽게 멈추지 않았다. '아이가 폐렴에 걸리면? 마스크도 쓸 수 없는 이 작은 갓난아기가 코비드에 걸리면? 남극에 이민 가면 우리 딸이 코비드에 걸리지 않겠지? 내 탓이었을까, 무리하게 막달까지 외래에서 환자들 응대하고 모진 소리 들어가며 일해서 아기가 스트레스를 받았던 걸까? 내가 관리를 잘못해서… 막달에 몸이 좋지 않아서 우리 아기가 이렇게 되었을까? 모두 내 잘못인 것 같았고, 내가 대신 수술할 수 있다면 생살을 갈라도 난 참아낼 수 있는데…, 같은 생각을 반복하며 아무 소득도 없는 자책과 알 수 없는 상대를 향한 원망으로 기도조차 소홀해지던 날들이었다.

어느 날 우리 아파트단지에서 확진자가 발생하고 정확한 호수는 말해주지 않지만, 소독 방역이 완료됐다는 사진이 커뮤니티에 올라온 걸 확인해보니 우리 동이었다. 참담했다. 난 아무 곳도 가지 않고, 외식도 안 하고, 집에만 갇혀있는데도 바이러스는 현관문 앞까지 왔다 간다고 기적을 한다.

'아기만 아프지 않으면 된다. 제발 부디 저희를 지켜주세요, 어린 생명들을 지켜주세요….' 주문처럼 이 말을 외우는 사이 여름이 찾아왔다. 나는 아파트 관리사무소에서 붙여놓은 코비드 방역수칙 안내문을 읽고 커뮤니티에 호소문을 올렸다. 어른들이 행동하지 않으면 어린아이들이 고스란히 돌려받을 수 있다는 내용으로 우리가 올바르게 행동해서 이 사태가 얼른 진정되어 아이들이 마스크를 쓰지 않고 등교하고 놀이터에서 뛰노는 그날을 조금이라도 앞당기자고 읍소했다. 많은 주민이, 그들도 누군가의 엄마고 아빠였기에 서로가 방역수칙을 잘 지키자고 독려하고 스스로 다잡는 댓글들을 남겨주었으며 동네에서만큼은 그 어떤 곳에서도 마스크를 쓰지 않고 다니는 어른을 본 적이 없었다.

그 사이 아기는 좌심방 부전이 진행되어 예정보다 빨리 수술을 하게 되었고 그 시기의 병원은 모든 수술환자를 대상으로 코비드 선별검사를 의무적으로 시행하고 있었다. 고작 3개월밖에 살지 않은 아기는 어른도 힘든 선별검사를 씩씩하게 해내고 동맥관 개존증 수술을 무사히 마쳤다. 한고비 넘긴 기분이었다. 임신 후기부터 수술 후 퇴원하는 그날까지 스스로가 만든 예민의 굴레 속 가시밭길을 걷는 듯한 기분이었는데 딸이 퇴원하는 그날, 뭔가 좀 후련해지는 기분이었다. 수술이 잘 끝나고 무탈하게 회복하면서 마음의 여유가 생겼던 걸까?

복직 후 가을, 다시 근무하게 된 외래에서는 여전히 할아버지 할머니들이 마스크를 턱에 걸치고 오셨지만, 그 경우의 수가 현저히 줄어들었고 접수대에는 대형 아크릴판이 설치되어 비말 전파를 막고 있었다. 추가로 달라진 것은 나의 태도였다. 불과 몇 달 전까지만 하더라도 마스크에 대해서 인지나 지식이 부족한 사람들을 날카로운 눈빛으로 대했는데 한결 둥글둥글해진 내 말투에 사람들의 행동도 바뀌는 것을 느꼈다.

"환자분, 답답하시죠? 곧 지나갈 줄 알았는데… 참 질기네요. 그래도 우리 서로를 위해서 마스크는 꼭 써주세요."

눈을 바라보며 말했다.

"혹시 마스크 여유분이 없으시면 제 것 하나가 남는데 드려도 될까요?"

한 의료보호 1종 할아버지 환자는 열흘째 같은 마스크를 쓰고 있다고 했다. 공적마스크 배분이 있어도 그 시간엔 일하느라 약국에 갈 시간이 없다고도 했다. 내 옷장에 들어있는 마스크 3매를 건네며 바쁘시겠지만 일단 이걸로 며칠을 더 버티실 수 있겠다며 다독여도

본다. 이솝우화에서 남자의 외투를 벗긴 것은 바람이 아니라 햇볕이었는데 내 아기만 지켜내려고 급급했던 좁은 마음과 여유가 없다며 내려놓지 못했던 옹졸한 마음에 다치게 된 것은 나 스스로였음을 깨달았던 지난 겨울이었다.

모든 계절을 한 번씩 만난 나의 딸이 돌을 맞이하게 된 2021년 3월 봄, 나는 심장혈관 검사실과 심장내과 외래 등 심장내과에서 10년간 몸담았던 경력을 디딤돌 삼아 심장혈관중환자실로 전보되어 근무를 시작하게 되었다. 여전한 코비드의 전파력은 '코시국'이라는 신조어를 만들어냈고, 원내의 방역수칙은 더 강화되어 모든 입원환자와 상주보호자의 코비드 선별검사가 의무가 됐으며 중환자실은 면회 전면 금지상태가 되었다. 어느 날, 근무를 마치고 퇴근하는 길에 엘리베이터 앞에서 외래에 자주 오시는 할머니 환자분을 마주쳤다. 보호자께서 "선생님 요즘 왜 안 보이세요? 그만두신 줄 알았어요." 하고 반갑게 인사해주셔서 근황을 나누다가 보호자의 아들, 즉 환자분의 손자가 코비드 확진이 되어 치료를 받았다는 소식도 전해 듣게 되었다. 집-학교만 다니던 중학생 손자는 마을버스에서 확진자 접촉이 되었다고 했다. 다행히 체력적으로 건강했던 편인지라 치료기간 동안 잘 버텨주어 합병증 없이 퇴원했다는 소식을 듣고 나의 안부를 묻는 말씀엔 출산 소식을 전하며 아직 어린 딸이라 이 시국에 고민이 많다는 이야기도 전했다.

집에 돌아오는 길에 많은 생각이 들었다. 내 아기만 중요하다는 개인주의와 그로 인해 파생된 쓸데없는 원망을 만들어내던 지난날의 나와 코앞까지 닥쳐온 코비드 확진의 공포 속에서도 각자가 할 수 있는 노력을 하며 살아가고 있는 시민들에 대하여. 서로가 노력하고 있는데 일부 단면만을 보고 나는 왜 나보다 그들이 방역에 대한 의식이 낮다고 생각했을까. 그래도 아들이 많이 고생하지 않고 퇴원해서 감사하다는 보호자의 말에, 충분히 남을 원망하고 욕할 수 있음에도 서로가 조심해야지요 하고 말씀하시던 그분의 눈을 마주하고 돌아서며 나는 스스로가 부끄러워졌다.

약한 존재인 어린아이들만 귀한 생명이 아니라 지금 이 시국을 버텨나가고 있는 모든 이들이 귀한 존재임. 모두가 1년 반이 넘어가는, 멈춰진 것만 같은 이 시간을 꾸역꾸역 버텨나가고 있음을 존중하고 응원해야만 한다. 자기 전에 하던 '어린 생명들을 위한 기도'는 부끄럽지만 이제 '모든 생명을 위한 기도'로 바꿔서 드리고 있다.

2021년 6월, 팬데믹이 장기화되며 두 번째 맞는 여름. 어린이집에 등원하는 딸의 마스크를 단단히 씌워준다. 딸은 얼굴을 조금 찌푸렸다가 이내 적응하고 아장아장 걸어가고 우리는 어느새 이런 일상이 익숙하다.

"하느님, 모든 생명이 소중합니다. 부디 이 지독한 날들이 얼른 사라져버렸으면 좋겠어요. 같은 위험에 마주친 모든 생명을 위한 기도를 올립니다. 오늘 하루도 모두가 건강한 시간이 되기를."

단 1%라도 의심된다면

● 홍원기

건국대학교병원

"SDH[1] 환자 craniectomy(두개골 절제술) 진행합니다. 코로나19의
심 환자로 확진자에 따라서 수술 준비해 주세요."

2020년 7월 18일 토요일 마취과 당직 전공의 선생님으로부터 걸
려온 전화였다. 나는 건국대학교병원 중앙수술실 스크럽간호사로 정
형외과 내시경방 책임간호사를 맡고 있으며 주말 당직 근무 시에는
모든 과 응급 수술에 참여하게 된다. 주중 근무시간에는 정형외과 수
술에 참여하는 경우가 대부분이기에 사실 이렇게 주말 당직 때 타과
응급 수술에 참여할 때는 큰 부담이 되는 것이 사실이다. 그것도 지

---

1) SDH(SubDural Hematoma, 지주막하 출혈): 뇌를 감싸고 있는 조직(수막)의 내막(연질막)과
중막(지주막)사이의 공간(지주막하강)에서 발생한 출혈

주막하 출혈로 빨리 지혈하지 못한다면 발생 부위에 혈액이 공급되지 않아 일시적 infarction이 생기게 되고 이로 인해 비가역적인 뇌 기능 손상을 초래할 수 있는 환자의 수술이기에 더욱 부담이었다. 그 와중에 지속적인 37.5℃ 이상의 발열로 코로나19가 의심되는 상황이어서 진단검사가 시행되었으나 결과는 6시간이 지나서야 나오는 상황이었다. 지금이야 한 시간 남짓이면 간이 검사가 나오지만 말이다.

환자는 6시간을 기다릴 시, 뇌 기능 손상이 우려되는 상황이기에 코로나19 환자에 따라서 신속히 수술을 진행하기로 결정이 된 것이었다. 평일 일과 중 일어난 상황이었다면, 수선생님의 지휘하에 여유로운 인력으로 부담 없이 진행되었을 수술이었지만 그날 당직 스크럽간호사는 나를 포함 3명이었고 3명 모두 실제 코로나19 환자에 따른 수술 준비 및 참여 경험이 없는 상황이었다. 하지만 다행히도 건국대학교병원 수술간호팀은 코로나19가 유행하기 시작한 작년부터, 전체 수술실 간호사를 대상으로 일주일에 1~2회씩 지속적으로 코로나19 확진자 수술의 시뮬레이션과 교육을 해왔던 터였고, 모두 본인에게 언제든지 닥칠 수 있는 상황이었기에 익숙할 만큼 숙지하고 있었다. 하지만 숙지되어 있다고 쉬운 일들은 아니었다. 확진자 수술의 경우 기존 외부 오염된 공기가 수술방으로 유입되지 못하게 하는 양압이 유지되는 공조 시스템과 달리 음압을 유지해 코로나19 균의 발생 시 방 밖으로 유출되지 못하게 하는 공조가 준비되어야 했다. 또한 의심 환자의 추후 확진의 경우 동선이 겹치는 환자의 감염을 막기 위한 병동에서 수술실까지의 독립된 엘리베이터와 입실 통로가 필요했다.

　이런 과정이 놀랍게도 감염관리팀과 시설팀에 전화 한 통화씩이면 구축되는 시스템이 갖추어져 있었다. 그렇게 외부 환경의 준비가 끝나면 우리의 책임인 수술방 내부는 확진 의심자, 확진 환자의 수술이 끝나고 월요일이 돌아오면 일반 환자의 수술이 진행되어야 하는 곳이기에, 일회용 비닐로 모든 벽면과 장비 등을 감싸 의심 환자의 체내에서 배출된 바이러스로 인해 오염되지 않도록 보호를 해야하는 일이 필수였다.

　꼼꼼하고 긴 시간이 요구되는 일이었지만 몇 분 몇 초가 환자의 뇌 손상의 정도를 좌우하는 상황에서 당직 근무 간호사 3명은 지금 생각하면 놀랄 만큼 빠른 속도로 실행에 옮겼다. 그 이후에는 또한, 정말 완벽한 수술 장비와 소모품의 준비가 필요했다. 의심 환자의 경우 수술이 시작됨과 동시에 방에 입실한 의료진과 장비, 재료는 오염되었다고 생각하고 방 밖으로 나오는 것이 금기이기에 준비못 한 장비와 재료를 가져온다고 방을 이탈할 수도 다시 들어갈 수도 없는 상황이었다.

　그렇게 준비를 마치고 환자보다 먼저 마취과와 집도를 할 신경외과 의료진이 수술방에 도착했다. 여기서 또 하나의 산이 Level D(방호복) 보호구의 착용이었다. 해당 의료진들도 의심 환자나 확진 환자 수술의 경험이 익숙하지 않기에 보호구 착용에 수술실 간호사가 주축이 되어 도움을 주었다. 그렇게 만반의 준비가 끝나고 병동에 연락해 환자를 호출하고 신규 때처럼 긴장된 마음으로 수술환자를 기다렸고, 독립된 전용 통로를 통해 환자는 방으로 입실했다.

과정은 평소와 크게 다를 것이 없었으나 마취과 의사, 간호사 신경외과 의사 수술실 간호사들의 수술에 임하는 행동과 마음가짐은 평소보다 훨씬 신중했다. 혹시나 감염에 노출된다면 나의 동료와 가족들도 위험할 수 있는 상황이기 때문이었다. 특히나 마취과 의료진은 전신 마취 시 불가피하게 환자의 마스크를 제거하고 구강을 통해 기도삽관을 하여야 했고 집도의와 보조 의사는 Level D(방호복) 복장만으로도 버거운 상태에서 멸균 수술복과 장갑의 추가 착용으로 인해 피로감이 몇 배로 늘었다. 그렇게 개두술이 진행되고 수술팀은 복장으로 인해 땀으로 범벅이 되었지만 오래 걸리지 않아 능숙하게 지주막하의 출혈 부위를 찾고 혈종들을 제거한 후 무사히 지혈, 봉합 후 수술을 마칠 수 있었다.

여기서 끝이 아니었다. 기존 절차대로라면 중환자실로 격리된 통로를 통해 퇴실만 하면 우리의 업무는 끝나는 일이었으나 코로나19 의심 환사의 경우는 추후 확진의 가능성이 있기에 의료진 이외의 모든 수술기구, 폐기물, 장비들은 결과가 나오기 전에는 방 안에 온전히 유지되어 있다가 만약 검사결과가 양성으로 나온다면 바이러스를 소멸시킬 수 있는 특수 스프레이를 분사해야 하기에 그전에 바이러스가 외부로 나올 수 없도록 수술방과 문, 사이사이 틈새를 모두 봉해야 했다. 그렇게 환자 퇴실 후에도 한 시간에 걸친 폐쇄 작업이 이어졌고 환자가 수술실로 입실한 통로도 마찬가지였다. 이제 남은 시간은 두 시간, 코로나19 검사 의뢰 결과가 나오기까지 우리는 확진이 될 시, 취해야 하는 추후의 절차들을 숙지하면서 지루하고 긴장된 시간을 보냈다. 그리고 얼마 후 어찌나 다행인지 검사결과는 음성이었고 안도의 한숨과 함께 문득 머릿속을 스친 생각 하나,

'아 지금까지 무슨 헛고생을 한 것인가.'

히지만 얼마지 잃아 나음을 다잡게 하는 또 다른 생각, 만에 하나 우리 의료진들이 그 귀찮음을 이기지 못하고 유야무야(有耶無耶) 기존과 같이 시행한 수술환자에게서 확진이 나온다면 수술실 및 병동 폐쇄로 이어졌을 것이며 그로 인해 얼마나 입원하고 수술을 받을 다른 환자들에게 피해 끼치는 일이었을 것인가. 또한, 방역을 위해 땀 흘리는 또 다른 의료진들에게 얼마나 무책임하고 죄송한 일이 되었을 것인가. 그 후 모든 폐기물과 장비 물품들은 일반 수술환자와 같이 일사천리로 정리가 되었다.

생각해보면 그 어느 때보다 힘들고 고단했던 당직 근무였다. 하지만 우리의 이러한 고생과 노력이 없었다면 코로나19 의심증상을 보이는, 응급 수술을 요구하는 누군가의 배우자이자 부모이며 자식인 환자들이 어디에서 마음 놓고 수술을 받을 수 있을 것인가. 다른 사람이 보기엔 헛수고로 느껴질 수 있는 의료진들의 기본을 지키려는 노력이 하나하나 모여, 코로나19로부터 안심할 수 있고 자유로울 수 있는 대한민국에 한 걸음 더 가까이 다가가는 것이 아닐까 생각해본다. 오늘도 수술실이나 중환자실, 병동, 응급실, 외래 특히나 최전선인 선별진료소에서 땀 흘리며 일하는 우리 자랑스러운 의료진 특히나 간호사 선생님들께 경의를 표하며 마음속 깊이 응원을 외친다.

Level D(방호복) 입기

Level D(방호복) 위에_수술 가운 입기 1

Level D(방호복) 위에_수술 가운 입기 2

늘 당신 곁에, 언제나!

●윤한나

인제대학교 상계백병원

2019년 12월경 발생한 정체불명의 폐렴이 코로나 19로 명명되고, 2020년 1월부터 시작하여 우리나라에도 전국적으로 종잡을 수 없이 확산하여 코로나19 확진 환자를 전담하기 위해 나는 의료지원을 자처했다. 사실 지원했다가 코로나19에 감염되진 않을까 우려되는 마음도 없지 않았지만, 의료인은 환자를 선택하며 간호하지 않는다는 책임감으로 지원을 결심했다. 함께 사는 가족들이 걱정되었지만, 오히려 가족들은 '멋있는 내 딸, 오늘도 조심히 잘 다녀와."라는 말로 내게 힘을 실어 주었다. 또한, 출퇴근 시 버스와 지하철 곳곳에 존경의 의미를 담은 수화그림과 '의료인 여러분 존경합니다.'라는 글을 볼 때면, 의료요구도가 높아진 비상 상황에 간호사로서 내 가족과 지인 그리고 넓게는 국민을 도울 수 있는, 좋은 기회라는 생각이 들었다.

오늘도, '삑' 고음의 알람 소리와 '딩동' 콜벨 소리에 하던 일을 멈추고 빠르게 환자를 향해 달려갔다. 그렇게 늘 나의 두 눈은 환자와 환자모니터를 향해 있고, 나의 두 귀는 환자의 목소리와 음압격리실 내 스피커 소리를 향해 있다. 2020년 2월부터 격리실-전실-복도로 구성된 음압격리실에서 환자와 의료진은 투명한 유리문 2개를 사이에 두고 가깝지만 멀게 느껴지는 거리에서 함께했다. 중환자실 내의 음압격리실은 화장실과 TV 등이 없고, 밀폐된 창문은 바깥의 계절감을 느낄 수 없었기에 약 3~4주 정도의 입원 기간 동안 경증의 코로나19 환자들이 계시기에는 답답한 환경이었다. 작은 핸드폰 속에서 바라본 세상은 코로나19 소식들로 가득하고 평범한 일상들로부터 격리되어 불편하지만, 환자분들께서 '끝이 있다는 희망'으로 잘 이겨내시길 진심으로 바라며 나는 세심한 간호를 위해 전념했다.

전화만 받던 핸드폰으로 영상시청이나 노래를 들으실 수 있도록 환자분들께 천천히 자세하게 알려드리자 요즘 한창 뜨는 트로트를 따라 흥얼거리며 한결 마음이 편안하다고 하셨다. 봄기운이 가득했던 출근 날에는 화사하게 핀 꽃을 사진 찍어 보여드리며 무료함을 이겨낼 수 있게 하고 이것저것 말을 걸어드리고 이야기를 들었다. 사소한 요구에도 최선을 다하기 위해 자주 음압격리실에 들어갔고 그런 나에게 '나 혼자 해도 되는데, 왜 이렇게 자주 들어와 위험하게 …'라고 걱정해 주시면서도 이런 저런 이야기를 하고 나면 '그래도 말벗이 되어주니 즐겁네!'라고 하셨던 환자분의 말씀이 고마워 인수

인계 후 더 일찍 격리실에 들어갔고 더 오래 곁을 지켰다.

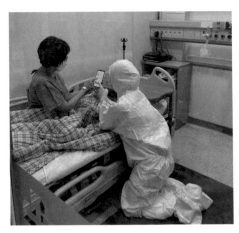

"그래도 말벗이 되어주니 고맙네!"

두 겹으로 착용하는 라텍스 장갑, 습기가 차서 시야를 방해하는 고글, 머리부터 발끝까지 통풍이 되지 않아 땀이 차는 Level D(방호복)로 인해 소리도 잘 안 들리고 시야도 좁아서 나는 몹시도 부자연스럽고 불편했다. 늘 하던 정맥혈관 확보와 채혈이 평소보다 2~3배 지연되었고 환자 위생 및 주변 환경정리에도 더 많은 시간과 체력이 필요해 어려움이 있었지만, 환자분들의 감사 인사가 나에게 힘을 주는 동기부여가 되었다. 나와 의료진의 노력에 환자분들은 자신으로부터 의료진이 위험에 노출되진 않을까 조심스러운 마음으로 걱정하시고, 의료진이 격리실에 들어오기 전 마스크 착용과 손 위생을 시행하며 맞이해주셨다.

한 번은 입원하는 동안 자라난 손톱으로 불편진 않을까 해서 손

톱깎이를 드렸더니 돌려주시면서 손 타월에 메모를 남겨주셔서 감동을 많이 받기도 했고, 간식을 챙겨드릴 때면 얼굴 가득 환히 웃으시는 환자분을 보며 나도 미소가 지어졌다. 퇴원을 준비하던 한 환자분께서는 "입원하는 동안 격리되어 힘들었지만, 덕분에 내 인생을 뒤돌아보는 터닝포인트가 된 시간이었어요."라고 말하며 일상의 소중함과 자신의 인생을 회고하며 느낀 감정에 이내 눈시울이 붉어지시는 모습을 보이셨고, 그때 내가 느낀 공감이 나의 마음에 오랫동안 물보라를 일으켰다.

그렇게 일상을 격리실에서 보내고 퇴원하는 날 우리 사이를 가로막았던 유리문에 A4용지 하나 가득 고마움을 적은 손편지는 지금까지도 가슴 벅찬 감동의 순간으로 남아 잊을 수가 없다. 드디어 열린 격리실 문으로 환자분이 밖으로 걸어 나오는 순간 서로가 자유의 기쁨을 느꼈고, 앞으로 건강하고 행복하기만을 바라는 마음으로 인사했다. 퇴원을 축하하며 엘리베이터 앞까지 배웅하고 서로 꾸벅 인사를 나눌 때면 기쁘고 홀가분한 기분이었다. 환자분들도 나와 의료인의 노력에 감동하셨는지, 외래진료를 위해 병원을 방문할 때면 잘 지낸다는 안부 인사를 전하러 많은 분이 중환자실 앞을 찾아 주셨다.

어느덧 시간이 흘러 2020년 무더운 8월쯤. 잠잠해질 것이라 믿었는데 오히려 서울에서 2차 유행이 번지며 그 여파로 코로나19가 장기화되었고, 기저질환이 있는 고령의 어르신들이 확진되었다. 때문에, 다양한 증상과 호흡곤란으로 인한 산소치료 및 기계 환기가 필요한 중환자 간호와 다양한 의료장비 사용을 능숙하게 해낼 수 있는 간호 인력이 나를 포함하여 대거 투입되었다. 높아진 중증도만큼 심전도, 산소포화도 등의 환자 모니터 라인과 수액 라인 등 환자분에게 불편을 줄 만한 요인들이 많아졌는데 특히, 평소 거동이 불편하거나 증상으로 인한 허약감을 호소하는 분에게 좁은 격리 공간에서의 이동도 낙상의 위험이 있었다. 때문에, 환자의 안전을 위해서 언제든 격리실로 뛰어 들어갈 태세로 우리는 밥을 먹을 때도 항시 Level D(방호복)를 입고 준비하고 있었다.

가장 인상 깊었던 환자분은 아들이 운영하는 식당에 다녀간 확진자로부터 감염되어 타 병원에서 입원 치료하시다가 호흡곤란과 함께 증상이 악화되어 전원 오신 어머니셨다. 항바이러스제인 렘데시비르 주사제도 투약하였지만, 시간이 지날수록 흉부 엑스레이상 폐렴소견은 악화되었고 점점 더 고농도의 산소가 필요한 상태가 되었다. 거리가 멀고 자가격리 중이라 오기 힘든 아들과 영상통화로 기운 내시길 바라는 마음이었지만 아들에게 힘들어하는 모습 보여주고 싶지 않다며 오히려 아들 걱정으로 한숨 쉬던 분이셨다. 아픈 모습도 내색하지 않으려고 했던 그분이 며칠 후 고유량 산소요법으로도 혈중 산소 포화도가 90% 이하로 점점 낮아지고 호흡곤란이 심해지면서 결국은 기관 내 삽관으로 인공호흡기를 적용해야 하는 상황까지 이르렀다. 기력 없이 앉아 계시던 모습과 빨라지는 호흡을 내쉬던 환자분을 생각하면 지금도 안타까움에 마음이 먹먹하다.

혈압 저하까지 동반되는 다급해진 상황에 고글에는 뿌연 습기로 앞을 잘 볼 수 없었고 음압격리실이라는 제한된 공간에서 다양한 응급처치가 이뤄져야 했기 때문에 어려움은 배가 되었다. 퇴근 시간이 다가왔지만, 관련 의료진들이 한걸음에 달려와 주었고 그렇게 좁은 음압격리실 안에서 기관 내 삽관, 정맥주사, 중심정맥관 삽입, 승압제 사용, 유치 도뇨관 삽입, 인공호흡기 적용 등의 치료로 환자의 혈압과 산소포화도가 금세 안정이 되었다. 그렇게 응급처치를 마치고 나온 의료진들의 이마는 고글로 인해 깊게 자국이 나 있고, 머리는 샴푸를 하고 막 나온 사람처럼 땀으로 뒤범벅이 되었고 손은 물에 퉁퉁 불어터진 것처럼 하얗게 주름져 있었다. 1시간 넘게 격리실에서의 사투를 벌이던 힘들었던 상황이 고스란히 다시 느껴졌다. 나는 뒷정리를 위해 축축해진 근무복을 갈아 입을 새도 없이 땀이 채 식기도 전에 차오르는 숨을 심호흡으로 가라앉히고 다시 환자 상태 확인, 체위변경, 주변 환경정리를 위해 격리실로 들어갔다.

늘 손들어 인사해주시던 환자분이 인공호흡기에 의존하며 양손이 신체보호대로 감싸져 있는 것을 보니 처음 입원하시던 날의 상반된 모습이 떠올라 마음이 무척 아팠다. 대화가 오가지 않는 격리실은 낯설게만 느껴졌고 오로지 Level D(방호복) 속 나의 숨소리와 환자의 기계 환기 소리만이 번갈아 들렸다. 환자분의 상태가 호전되길 바라는 간절한 마음으로 수시로 가래를 뽑고 흉부 타진을 시행하며 간호를 하였지만, 혈액검사결과는 눈에 띄게 호전이 없고 폐렴으로 흉부 엑스레이 속 폐는 더욱 하얗게 변해갔다. 며칠 뒤 결코 마주 대하고 싶지 않았던 환자분의 사망을 겪었을 때, N95마스크와 보호복을 입고 격리실 밖 멀리서 면회하며 환자와 손도 잡지 못하고 이별해야 하는 가족들의 울음소리가 한동안 나의 마음을 적셨다.

어느덧 나는 중환자실 간호사 경력 4년 차가 되었고 연차가 쌓여 가도 때로는 간절한 노력이 무색하게 건강이 악화되는 환자분들을 볼 때면 무거운 마음에 괴롭지만, 오늘도 나의 간호가 필요할 환자분들을 생각하며 더한 노력을 하고자 다짐하고 출근을 한다. 앞으로도 누군가 보지 않아도 나 자신에게 더 엄격한 기준으로 감염관리 원칙을 준수하며 믿음직한 모습으로 바이러스에 맞서 환자의 곁을 지킬 것이다. 그렇게, 나이팅게일 선서식 때 "나의 간호를 받는 사람들의 안녕을 위해 헌신하겠습니다."라고 다짐했던 전국의 간호사들은 나와 같은 마음으로 항상 자신과의 약속을 지키고 있을 것이다.

오늘도 대한민국을 간호하기 위해 최선을 다하는 간호사들과 그 옆에서 나란히 함께 서로를 잡아주는 수많은 의료진, 병원의 직원, 그리고 현장의 많은 의료봉사자분이 지치지 않는 힘이 생기길 바란다. 또한, 그 노력을 뉴스나 신문을 통해 접하거나 혹은 환자로서 직접 경험했을 국민이 자신의 곁에 간호사와 의료인이 24시간 늘 가까이서 함께하고 있음에 안심할 수 있기를 바란다. 다시금 평범한 일상으로 돌아가는 그 과정에 비록 더 많은 땀과 눈물을 흘리게 된다고 하더라도 전 국민의 진심 어린 응원과 의료인의 소명으로 하나가 된 우리는 결국 코로나19를 이겨내고 더욱 강해질 것이다.

코로나와 마주친 간호사의 몽타주

● 김진수

신촌세브란스병원

해가 기지개를 켜기도 전, 반쯤 열린 창문 틈 사이로 들어오는 차갑지만 낯설지만은 않은 새벽 공기. 대수롭지 않게만 생각했던 하루 시작과 그 속에서 일어나는 뻔했던 일상들이 소중하게 다가온 것은 2020년 3월 11일 WHO에서 Pandemic을 선언했던 날이었다.

중국에서 시작된 하나의 바이러스가 날개에 빛이라도 달았는지 지칠 줄 모르는 속도로 삽시간에 우리의 지구를 뒤덮어 버렸다. 그 직격탄 속에 우리 대한민국도 속수무책으로 당하고 말았다. 이제 밖으로 나가면 마스크를 쓰지 않은 사람을 이상한 듯 쳐다보게 되고 서로 마주 보며 웃고 떠드는 소리가 소음으로 받아들여지게 되었고 정부에서는 강제적으로 서로의 만남을 통제하고 있다. 상상만 해도 말이 안 된다며 머리를 좌우로 흔들었던 일들이 2021년이 반이나 지나는 이 시점, 이 순간에도 계속 이어지고 있다. 일반 소상공인,

중소기업, 대기업 할 것 없이 모두가 힘든 시기를 걸어가고 있는 이 시대 안에 그 누구보다도 간절하게 코로나19 종식을 염원하는 우리 의료진들의 몽타주를 그려보려 한다.

코로나19 바이러스가 몰고 온 의료현장의 모습은 정말 재난 영화 속 한 장면을 방불케 하는 모습이다. 매일 아침 7:00에는 연세의료원 알림 문자로 [코로나19 직원 사전 문진 안내]가 오며 본인 혹은 동거인의 자가격리 통보, 코로나19 증상 유/무, 발열 및 오한, 기침 및 호흡곤란 등 14가지의 질문들에 대한 답변을 제출하면서 나의 하루는 시작된다.

병원으로 들어오는 입구도 대부분 폐쇄하고 최소한의 출입구만 운영하면서 교직원뿐만이 아니라 병원을 내원하는 환자들에게도 체온 측정 및 설문 조사지를 작성하게 함으로써 코로나19 바이러스 예방에 최선을 다하고 있다. 매일 마주하는 광경이지만 얼굴 전체를 가리는 Shield Mask를 착용하고 방호복을 입으며 내원객들을 응대하는 직원들의 모습은 익숙해지지 않는다. 실제로 이곳에서 코로나19 확진자를 감별하여 자칫 병원으로 퍼질 수 있었던 상황을 미연에 방지할 수 있었다.

나의 근무지인 본관 수술실에서도 출, 퇴근할 때 하루 2번 체온 측정을 하면서 기록을 남겨야 하며 정부지침의 거리 두기 외에도 더욱 엄격하게 적용되는 병원 내부의 거리 두기를 실천해야 한다. 이 모든 일은 우리 의료진이 바이러스에 감염되게 된다면 면역력에 약한 환자들에게 직접적인 영향이 가고 자칫 더 큰 문제로 번질 수 있기에 더더욱 엄격하게 지킬 수밖에 없다.

수술실에서는 응급환자를 포함하여 정규수술을 받는 모든 환자가 코로나19 검사를 받고 난 후에 입실할 수 있다. 하지만 초응급상황일 땐 그에 맞는 프로토콜이 있어서 환자는 먼저 수술을 받을 수 있다. 실제로 C/S[1]을 받아야 하는 환자가 초응급으로 수술을 들어오는 경우가 있었는데, 미리 준비를 해왔던 의료진들이 다 함께 'Level D(방호복)'에 준하는 수술복을 입으면서 유연하게 대응할 수 있었다.

보통 수술실에서 수술을 마치고 난 후에는 곧바로 병실로 가는 것이 아니라 회복실로 이동하여 환자의 Post Operation 회복 간호를 수행한다. 그런데 초응급수술을 포함하여 모든 정규수술에서 코로나19 검사를 받았지만, 체온이 높다거나, 기침 및 호흡곤란이 있는 경우에는 혹시 모를 상황에 대비하고 다른 환자들과의 접촉을 최대한 줄이기 위하여 회복실로 이동하지 않고 수술방 내에서 자체적으로 회복을 한 뒤에 곧바로 병실로 이동하게 된다.

수술실은 어쩌면 환자들이 마지막 최후의 수단으로 마음을 다잡고 들어오는 생과 사가 공존하는 공간이다. 코로나19 검사에서 음성이 나왔다고 해도 발열이 심하거나 수술을 받을 수 있는 컨디션이 아니라고 판단이 될 때는 의료진의 판단하에 수술을 미루는 경우도

----

1) C/S(Cesarean Section, 제왕절개)

많이 있다. 수술실에 들어가기 전, 전처치실에서 수술을 받고 싶어도 받을 수 없는 상황을 마주하게 될 때, 그때만큼은 정말 눈에는 보이지 않는 코로나19 바이러스지만 어느 곳 한 대라도 쥐어박고 싶은 심정이다.

학생들이나 일반 회사원들, 집으로 돌아와서는 함께 있는 모든 가족, 그리고 모두 힘든 시기를 걸어가고 있는 전 세계의 사람들이 마치 세상과 단절된 듯한 시기를 걸어 나가고 있다. 코로나19 바이러스가 있기 전 우리는 알지 못했다. 서로 마주 보며 웃고 떠들고 안아주면서 함께 기뻐하는 그 일상적인 순간들의 소중함을. 우리에게는 너무나 당연했던 일들이 지금은 당연한 게 아니게 되었지만, 이 순간들도 곧 웃으며 추억할 수 있는 날이 올 것이라 믿어 의심치 않는다.

봄이 오면 핑크빛으로 물든 벚꽃들을 원 없이 맞으면서 꽃길을 걷는 날, 여름이면 시원한 해수욕장으로 달려가 바다의 짠 내음을 원 없이 느낄 수 있는 날, 가을이면 구름 한 점 없는 넓은 잔디 위에 돗자리 하나 펼쳐놓고 그 하늘을 원 없이 바라볼 수 있는 날, 겨울이면 모두가 하나의 광장에 모여 카운트다운을 하며 다가올 새해를 맞이할 수 있는 그런 날들.

너무나 일상적이고 소중한 순간들이었음을 이제야 몸으로 느낄 수 있다는 것이 안타깝기도 하면서 새로운 희망을 품게 하는 것 같다. 이런 당연한 일상을 우리가 되찾기 위해서는 지금 힘차게 걸어가고 있는 이 길 위에서 지치지 말고 더욱 우리의 몸을 스스로 지켜낼 줄 알아야 한다. 방역수칙을 잘 지켜 모든 국민이 집단면역을 갖게 되는 그날이 온다면 가장 먼저 마스크를 벗어 던지고 모두에게 "수고하셨습니다."라고 말하면서 안아주고 싶다.

그리고 지금은 '의료진 덕분에'라고 말하면서 우리를 응원해주고 위로해 주고 있지만, 그때는 우리가 '국민 덕분에'라고 말하면서 받았던 엄지 척을 다시 건네 드리고 싶다. 우리가 생각하는 일상적인 그날이 오기만을 기다리며 우리 의료진들은 의료의 최전선에서 코로나19와 마주하며 그 바이러스에 지지 않고 하루하루 최선을 다하고 있다.

저자 김진수

길 위의 시간

● 김유은

이화여자대학교 의과대학 부속 서울병원

사람들은 저마다 다양한 고통과 사연을 가지고 응급실을 찾는다. 코로나19가 터진 이후로는 응급실을 찾는 이들에게 한 가지 사연이 더 추가되었다. 격리구역이 남아있는 응급실을 찾기 위한 여정이다. 코로나19의 임상증상인 발열 및 호흡기 증상을 보이거나 확진자와 접촉으로 인해 자가격리 대상자인 환자들은 반드시 격리구역에서 진료해야 한다. 환자들은 당면한 병과 고통을 해결하기 위해 119 또는 응급실을 찾지만, 격리실은 늘 그 수요에 비해 공급이 부족하다. 메르스 사태를 겪으며 병원마다 격리실을 충원했다고는 하지만 확진자가 하루에도 수백 명씩 늘어나는 탓이다. 그렇기에 119에서 혹은 다른 병원 응급실에서 전원을 오는 경우 미리 해당 응급실에 연락해서 격리실 자리가 있는지 확인한다. 만일 가까운 응급실에 격리실이 없어 진료가 불가능하다면, 그 환자는 구급차를 타고 격리실이 남아있는 응급실을 찾아 도로 위를 누벼야 할 것이다.

그날 응급실을 찾은 할머니와 할아버지도 그러했을 것이다. 할아버지는 불룩한 배를 드러낸 채 산소 마스크를 달고 거친 숨을 몰아쉬며 응급실로 들어왔다. 걱정스러운 표정의 할머니는 까만 비닐봉지에 기저귀를 한아름 들고 뒤를 따라 들어왔다. 나는 우선 할아버지를 응급실 침대로 옮기고 기본적인 활력 징후 측정을 위해 모니터를 연결했다. 다른 활력 징후는 모두 정상 수치를 보였으나, 산소포화도가 측정되지 않아 애를 태웠다. 비 재호흡 마스크로 산소를 15L까지 공급하며 겨우겨우 확인한 산소포화도는 99%. 한숨 돌리며 격리실 밖으로 나오니 할머니가 역정을 내고 계셨다. 이유를 들어보니 할아버지가 요양병원에서 사설구급차를 타고 오셨는데 비용을 지불하지 못하겠다는 것이다. 나는 소란을 잠재우기 위해 할머니에게 설명했다.

"보호자 분, 요양병원에서 응급실 오는 것은 병원에서 병원 간의 이동이기 때문에 119는 안 와요. 119는 병원 간의 이동을 위해 있는 곳이 아니에요."

하지만 이미 흥분한 할머니에게는 설명이 통하지 않았다.

"무슨 소리야? 내가 전에도 119 타고 온 적이 있는데 잘 알지도 못하면서 그런 소리 마요. 이놈의 요양병원에서 왜 119가 아니고 이런 걸 신청해서 나보고 돈을 내래? 나는 절대 돈 못 내! 아니 거기선 119 왜 안 불렀대요?"

할머니는 되려 나에게 역정을 내며 요양병원에서 사설구급차를 신청한 이유를 물었다. 다시 한 번 같은 내용을 설명했지만 이미 흥분한 할머니를 납득시키진 못했고, 나는 더 이상 할머니를 이해시키기를 포기했다. 이미 밀려있는 일이 너무 많았고, 무엇보다 당장 할아버지의 상태도 좋지 않아 보였기 때문이다.

"보호자 분, 분명 제가 알기로는 안 되는 걸로 알아요. 하지만 정돈을 못 내시겠다면 우선 할아버지 진료 보시고 나중에 요양병원에 연락해 보세요. 저희가 신청한 것도 아니고 여기서 이러셔도 도와드릴 수 있는 게 없어요. 우선은 환자분이 급하니, 환자분 치료부터 할게요."

할머니는 여전히 할 말이 많으신 듯 보였지만 내 단호한 말에 더 이상 언성을 높이진 않으셨다. 할머니는 이제 나에게 할아버지의 사연을 털어놓기 시작하셨다. 간호사로서 보호자의 정신적인 지지를 해줄 수 있다면 정말 좋겠지만 나는 해야 할 일들을 더 이상 지체할 수 없어 적당히 맞장구치며 IV[1]를 준비했다.

원래도 건강이 좋지 않아 요양병원에서 지내시던 할아버지는 며칠 전부터 검은 변을 누셨다. 처음에는 검은 변을 눈 것 말고는 할아버지의 상태에 별다른 변화가 없었다. 그런데 갑자기 내원일 아침부터 숨을 쉬기 힘들어하며 축 늘어져 기운 없는 모습을 보이셨고 할

---

1) IV(IntraVenous, 정맥내): 보통 정맥내주사를 말하며, 약물을 주사침을 사용하여 정맥내로 투여하는 방법

머니는 이런 할아버지의 상태를 요양병원 간호사에게 전달했다. 아마도 그런 할아버지를 본 요양병원에서는 상급병원 진료가 필요하다는 판단에 사설구급차를 불렀으리라.

할머니 말씀으로는 처음엔 다른 병원 응급실에 갔는데 격리실 자리가 없었다고 한다. 할아버지는 가쁜 숨을 몰아쉬며 길 위를 전전하다가 이곳까지 오게 되었을 것이다. 할머니는 구급차를 타고 오는 내내 아픈 할아버지를 지켜보며 불안에 떠셨을 것이고, 진료를 봐주지 못하는 병원에도 화가 나셨을 것이다. 안 그래도 신경이 날카롭게 곤두서 있을 것인데 생각지 못했던 사설구급차 비용 문제까지 생겨 예민한 모습을 보이셨을 것이다. 그런 답답한 속내를 누구한테라도 털어놓고 싶었던 것이 아니었을까? 나는 '내가 이해해야지. 아픈 사람들이고, 아픈 사람의 보호자잖아. 내가 아니면 누가 들어주겠어.'라고 마음속으로 수도 없이 되뇌며 밀려있는 일을 하나씩 처리했다.

다른 격리구역 환자들의 라인을 달고 검사를 보내고 분주하게 일하다가 습관적으로 central monitor를 바라봤다. 그런데 노란색 경고등이 불길하게 반짝거리고 있었다. 할아버지의 수축기 혈압이 70mmHg를 가리키고 있는 것이 아니겠는가. '분명 힘들어 보이시기는 해도 의식상태도 명료하시고 활력 징후도 괜찮으셨는데….' 나는 급히 주치의에게 알리고 승압제 사용 및 수혈 등을 위한 추가 정맥로 확보를 위해 격리실로 들어갔다. 안에서는 인턴 선생님께서 할아버지를 반쯤 앉혀 비위관 삽관을 하고 있었고, 할아버지는 얼굴을 잔뜩 찡그린 채 코를 쑤시는 튜브에 고통스러워하고 계셨다. 나는 우선 인턴 선생님께 양해를 구하고 할아버지를 조금 눕혀드리고 수액을 빠르게 주입했다. 할아버지 팔에 토니켓을 묶었지만 IV를 성공시키기란 쉽지 않았다. 원체 사지가 마르고 혈관이 약해져 있었으며, 부직포 가운에 비닐 가운을 덧입고 좁은 격리실에 들어가 있으니 땀이 뻘뻘 나는 데다가, 페이스 실드로 인해 조명이 반사되어 혈관이 잘 안 보이고, 장갑으로 인해 잘 만져지지도 않았기 때문이다.

장갑 아래로 희미하게 느껴지는 할아버지의 혈관에 초집중한 상태로 3분 정도 지났을까. 다시 측정된 할아버지의 수축기 혈압이 60mmHg를 보이고 있었다. 모니터를 바라보니 심박동수도 50회/분대를 보이고 있었다. 순간 무언가 불안한 예감이 들었다. 할아버지의 찡그린 표정이 묘하게 풀어져 있었다. 가슴팍을 세게 꼬집으며 할아버지를 자극해보았지만 힘드시냐는 내 질문에도 대답은 돌아오지 않았다. 이 모든 것이 가리키는 것은 한 가지. 나는 할아버지의 경동맥과 대퇴동맥에 손을 올렸다. 아무것도 느껴지지 않았다. 나는 홀린 듯이 가슴 압박을 시작했고 환자 상태가 안 좋아 격리실 문밖에서 지켜보시던 주임선생님과 눈이 마주쳤다. CPR[1] 상황이었다.

"CPR이요!"

응급실 안에 내 목소리가 울리고, 분주하던 응급실 사람들이 일순

---

1) CPR(Cardio Pulmonary Resuscitation, 심폐소생술): 심장의 기능이 정지하거나 호흡이 멈추었을 때 사용하는 응급처치

간 모두 멈추고 나를 바라보았다.

"DC[2]기, E-cart[3], Intubation(기관내 삽관) 준비해주세요!"

내 말이 끝나기도 전에 모든 의료진이 반사적으로 움직였다. 의사, 간호사, 응급구조사가 보호장구를 착용하고 격리실에 뛰어 들어왔고, 할아버지를 소생시키기 위한 여러 가지 처치가 동시에 행해졌다. 좁은 격리실 안에서 땀을 뻘뻘 흘리며 가슴압박을 하고 인공 기도를 확보한다. 격리실에 DC기와 Ventilator(인공호흡기)를 놓으니 사람이 지나갈 공간마저도 부족해진다. 격리실은 제세동기와 Ventilator, LUCAS[4]가 작동하는 소리로 가득 찼다. 1시간 동안 이어진 CPR에도 불구하고 할아버지는 돌아오지 못했다.

이곳이 격리실이 아니라서 보호장구를 착용할 필요 없이 모든 처치가 단 1초라도 빨리 행해졌더라면, 내가 central monitor에 뜬 할아버지의 이상 혈압을 조금 더 일찍 발견했더라면, 그 이전에 먼저 찾았던 응급실에 격리실이 부족하지 않아서 할아버지가 도로 위에서 시간을 허비하지 않았더라면 결과가 달라졌을까. 나는 할아버지에게 꽂혀 있는 관들을 제거하며 이미 지나간, 돌이킬 수 없는 일에 대한 가정을 늘어놓았다.

2) DC(Direct Current, 직류): 전기를 직류로 흘려 보내는 방식의 심장 제세동기
3) E-cart(Emergency-cart, 응급카트): 응급 시 사용되는 기구나 약품을 담아두는 카트
4) LUCAS(Lund University Cardiac Assist System;chest compression system, 자동흉부압박 시스템): 심정지 상태의 환자에게 심폐소생술을 자동으로 하는 의료장치

할머니는 할아버지를 요양병원에서 모시고 나올 때 이런 결말을 짐작이나 했을까. 분명 큰 병원 응급실에 가면 치료를 받고 완전히 건강하진 않아도 이전처럼 요양병원에서의 생활이 가능하다고 생각했을 것이다. 무엇 때문에 이런 결말이 초래되었는지는 알 수 없다. 하지만 나는 코로나19로 인해 길 위에서 시간을 허비하는 수많은 환자에 대해서 생각하지 않을 수 없었다. 그리고 그 순간 내가 할 수 있는 것은 할아버지와 남겨질 할아버지의 가족들에 대한 기도뿐이었다.

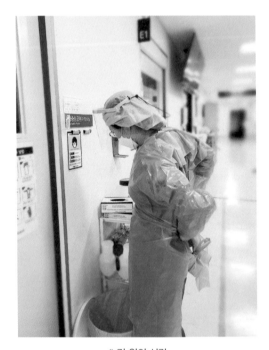

길 위의 시간

사명감과 불안감 사이, 그럼에도 간호사는 존중 받을 만한 존재임이 증명되었다

이화여자대학교 의과대학 부속 서울병원

2020년 1, 2월 즈음, 뉴스에서는 우한 바이러스에 대해 연일 보도했고, 이듬해 2월쯤부터는 그 이름을 코로나19 바이러스 감염증-19(COVID-19)라고 바꿔 부르며, 온 세계를 위협하는 존재가 되었음을 알렸다. 이 세상에서 처음 등장하는 '신종바이러스'라는 사실과 함께 말이다.

신종바이러스는 말 그대로 아무런 정보도 없고, 아무런 대책도 없는 바이러스를 일컫는다. 정부와 우리나라 병원들은 이로부터 국가와 국민을 지켜내야 했고, 각자의 위치에서 최선을 다하기 시작했다. 바이러스에 대응하는 국가적 지침은 주 단위, 일 단위로 계속 수정되었다. 그리고 각 병원과 직원들은 수시로 바뀌는 상황에 유연하게 대처하며 어찌어찌 원내 진료와 코로나19 대응을 동시에 진행해 갔다. 그리고 지금, 만 1년 6개월을 훌쩍 넘어 대부분 병원은 코로나19 대응 지침에 어느 정도 안정적인 궤도에 들어왔다.

　병원들은 사실 자신들의 수익구조에 매우 불리한 상황임에도 불구하고, 사회적 의무를 다하기 위해 자신들의 병원을 기꺼이 바이러스에 대항하는 병원으로 내놓았다. 그리고 그 최전선에는 의사와 간호사가 있었다.

보호장구는 우리의 전부였다

　우리는 저명한 질병 연구자들을 존경하고 그들의 연구를 지지하며, 그들의 연구발표자료를 신뢰한다. 그리고 우리는 그 방침에 우리 몸을 온전히 맡긴다. 그것만이 우리를 지킬 수 있는 최선이라는 것을 알기 때문이다. 그렇게(속장갑, 겉장갑, 고글, 마스크, 레벨디) 이것들이 우리의 전부가 되었다.

　하지만 아이러니하게 이 보호장구는 이따금 의료진들을 공포에 빠뜨렸다. Level D(방호복)를 입으면 흡사 밀폐된 비닐봉지 안에 들어가 있는 느낌이 든다. 바깥과 완전히 차단되기 때문이다. 그 안에서 호흡조차 마음대로 조절하지 못하고, 8시간 정도 일하다 보면 누구나 숨이 차고, 과호흡 상태를 느끼게 되고, 이는 생각보다 매우 공포스럽다.

　그 와중에 선별진료소에 있는 의료진들은 추우면 추운 대로, 더우면 더운 대로 그 날씨를 온전히 감내해야 했고, 응급실에 있는 간호사들은 선별검사 대기 중 응급상황에 빠질 만한 환자는 없는지 등을 끊임없이 의심하며 긴장한 채로 일을 해야 했다. 또한, 어떠한 때에는 보호장구를 입고 격리실에서 심폐소생술을 해야 하는 상황도 벌어지는데, 이는 정말 극한의 업무 중 하나이다. Level D(방호복)를 입고 격리실에서 최소한의 의료진으로 CPR을 하고 나면, 속옷까지 홀딱 다 젖어 있기 때문이다.

이러한 애증의 Level D(방호복)는 사실 누구나 알고 있듯 순백의 하얀색이다. 그런데 어느 날인가 처음 보는 노란색 보호장구가 지급된 적이 있었다. 알고 보니 전 세계적인 바이러스 감염으로 보호장구 공급이 원활하지 못해, 돼지 열병 당시 입었던 보호장구가 지급됐다는 것이다. 보호장구의 샛노란 색이 너무 고와 웃겼지만, 슬펐다.

'Level D(방호복)는 아니라는데, 여기에 우리 몸을 온전히 맡겨도 되는 건가.' 의심되었지만 일단 간호사들은 차선책으로 그것을 주섬주섬 입었더랬다.

간호사 또한 사람이기에 두렵다

국가에서는 올 2월부터 백신을 코로나19 최전선에 있는 의료진에게 제일 먼저 제공했다. 검체를 채취하고, 선별진료소에서 불특정 다수를 맞이하는 의료진에게는 P사 백신을 제공했고, 그외의 다수의 의료진에게는 A사 백신을 제공했다.

새로운 질병의 새로운 약제를 '내 몸 안에 제일 먼저 투약한다?' 이 또한 '의료진이니까'라는 이유로 여타 큰 거부 없이 맞은 사람들이다. 하지만 우리 또한 사람이기에 매우 두려웠다. 연일 뉴스와 인터넷에서 백신의 위험성을 떠드는 것에 공포를 느꼈고, 그렇기에 '100% 안전함'을 믿고 투약한 의료진들은 없다. 물론 임상적 경험과 지식으로 '모든 약은 부작용이 존재한다는 것'과 '항체 생성의 중요성'을 다른 여타 비의료인보다 많이 인식하고 있기에, 그럼에도 불구하고 선제적으로 맞은 것이다.

나 또한 2021년 3월경 A사 백신을 맞았다. 물론 나는 A사가 언론에서 깎아내리는 만큼의 어느 '이름 모를 제약회사'가 아님을 안다. 지금도 많은 환자를 위해 유수의 약을 만드는 '저명한 회사'임을 알고 있었다. 하지만 두려웠던 것은 사실이다. 예약 일이 되어 백신을 맞았고, 귀가한 지 얼마 되지 않아 미열이 났다. 어느 정도의 근육통과 미열 정도는 예상했기에 동료들과 '항체 생성 중~'이라는 장난스러운 메시지를 주고받으며 '몸이 열심히 일하는 중이다. 이것은 내 몸이 건강하다는 반증이다.'라며 스스로 위로했다.

새벽이 되었다. 심상치가 않았다. 예전에는 한번도 느껴보지 못한, 차원이 다른 발열이 났다. '내가 지금 아픈 건가?'라는 의식조차 하지 못할 정도로 정신이 몽롱했고, 약을 먹었지만 밤새 침대와 바닥을 오가며 어떻게 시간을 보냈는지 모르게 그 밤을 꼬박 견뎌냈다. 다음 날은 출근하는 날이었는데, '쉬어야 할까?'라는 생각은 들지 않았다. 그저 '수액 맞고 열이 좀 떨어져야 일을 할 수 있겠다'라는 생각뿐이었다. 그렇게 평소보다 일찍 출근해 보니, 나와 같은 날 백신을 맞은 후배 간호사 또한 아침 7시부터 나와 있었다. 그녀도 밤새 고온을 오롯이 견디다, 출근 전 수액을 맞기 위해 일찍 출근했던 것이었다. 의사 간호사들은 웬만해서 아프다는 소리를 하지 않는다. 근무 중 아프면, 수액을 맞으면서 일하고, 약을 맞고 일할지언정, '반차 낼게요~', '아프니까 귀가할게요~', '저 오늘 아프니까 내일 쉴게요~' 이런 말 자체가 아예 세팅되어 있지 않다.

다행인걸까? 아직은 다행일 것이다. 투철한 사명감과 책임감을 가진 직원들이 그 병원에 많기에 뿌듯도 할 것이다. 하지만 이런 일이 반복되고, 그에 따른 적절한 보상이 없다면 이는 간호사들의 번아웃을 일으킬 것이고, 병원은 이렇게 능력 있고 마음 예쁜 간호사들을 잃게 될 것이다.

우리는 이미 사명감을 가진, 의미 있고 숭고한 일을 하는 직장인이다

사람들은 은연중에 간호사의 희생을 당연시한다. 하지만 더 이상 그래서는 안 된다. 그렇다면 그들이 항상 외치는 '질 좋은 의료서비스를 제공하는 능력 있고 경험 있는 인력'을 잃게 될 것이고, 아쉽지만, 우리 다음 세대의 간호사들은 더 쉽게 이 일을 관두게 될 것이다. 우리는 우리의 위치와 몸을 스스로 돌볼 필요가 있다. 그래야 개개인의 간호사가 존중받는 느낌을 느끼며 더 건강히 오래 환자들을 돌볼 수 있는 것이다. 자의든 타의든 그 '전선(코로나19 확진병동, 응급실, 선별진료소 등)에 있어야 함'을 거부하지 않는 사람들은 그저 돈을 많이 주기 때문에 그곳에 있는 것이 아니다. 그렇기에 그들을 '너희가 원해서 하는 일이잖아', '돈 받고 일하잖아' 등의 이유로 깎아 내려서는 안 된다.

현장에 있는 대부분의 간호사들은 사명감을 가지고 일한다. 가끔 소수의 사람은 그들이 어떠한 물질적 보상을 바라면, '사명감'을 들먹이는데, 사명감은 우리네 개개인이 챙겨야 할 마음인 것이지, 누군가에 의해 심어지는 것은 아니다. 그리고 너무나 다행스러운 것은 아직 일하고 있는 실무자들은 대부분 이것을 갖고 있다는 점이다. 사명감 없이 일하기에 어려운 구조이기에, 이미 일말의 사명감이 없는 사람들은 의료계를 일찍 떠난다.

간호사는 더 이상 '희생'의 아이콘이 아닌 '존중받는 직군'의 아이콘이 되어야 한다

우리는 코로나19 사태를 통해 어느 직군보다 '의미 있는 일로 사회에 기여하고 있음'이 증명되었다. 즉, 우리는 누구에게나 존중받아 마땅한 직군인 것이다.

이번 코로나19 시기를 겪으며, 많은 의료인이 의료인으로서의 사명감과 개인으로서의 불안감, 그 사이를 절실히 느낀 것으로 알고 있다. 그리고 대부분의 간호사들은 그것을 잘 이겨냈다. 이것은 간호계 내부에서도 서로를 마땅히 존중해줘야 할 명분이 생겼음을 의미한다. 더 이상 희생이라는 미명하에 우리를 낮추지 말고, 타 집단이 우리를 존중해주는 만큼 더 당당하게 권리를 찾아야 한다.

또한, 우리는 이번 시기에 많은 사람이 간호사에게 박수를 보냈음을 잊지 말아야 한다. 간호사들은 이번 일을 계기로 더 이상 '희생의 아이콘'이 아닌 '존중받을 만한 직군의 아이콘'이 될 기회를 얻었다. 그리고 그것에 가장 빨리 다가갈 수 있는 방법은 '우리 스스로가 서로 존중하는 것'임을 알아야 한다.

나 그리고 나와 같은 간호사들에게

근 2년간, 바이러스로부터 환자와 직원을 지키느라 수고했고, 수시로 바뀌는 세부 지침에도 불구하고 최대한의 의료서비스를 제공하기 위해 노력한 간호사들에게 박수를 보낸다. 또한, 어느 사회인보다 더 엄격한 자기통제하에 방역지침을 지키려 노력한 우리에게 박수를 보내고 싶다. 서로가 조금만 더 보듬는 계기가 된다면, 코로나19 기간은 간호계에 어쩌면 매우 의미 깊은 시간으로 새로이 자리 집을 기회가 될 것이다.

5부

우리 모두
성장하리라

엄마와 함께한 14일

● 정 현

건국대학병원

2020년은 정말 코로나19와의 전쟁 아닌 전쟁을 벌였던 시간이었다. 우리나라뿐 아니라 세계 모든 나라가 코로나19로 인해 사망자도 많았고, 이전에 겪어 보지 못했던 무수히 많은 일을 겪었던 한해였다. 하지만 아직도 우리는 코로나19로부터 해방되지 못한 상태로 지내오고 있다. 그나마 백신이 만들어지면서 차츰 코로나19로부터 해방의 빛을 서서히 바라보고 있다.

코로나19로 인해 확진자와 접촉자, 혹은 격리대상자로 분류가 되면서 이산가족으로 삶을 살아가는 사람들이 생겨났고, 나 또한 뜻하지 않게 가족과 분리된 삶을 살게 되었다. 작년 11월, 모처럼 가족들이 함께 바람 쐬러 가게 된 포천의 산정호수에서, 놀이기구도 타고 보트도 타면서 그동안의 답답함을 달래며 시간을 보냈다. 그 후에는 며칠 전부터 "대게, 대게" 노래를 불러, 대게를 먹으러 가고 있던 길에 전화벨이 울렸다. 확인해보니 큰애 학교 교감선생님의 전화였다.

갑작스러운 교감선생님의 전화에 놀라서 무슨 일인가 했더니, 큰애 반 아이가 코로나19에 확진되어 지금 병원으로 갔다고 하면서 그 반 아이들 모두 검사를 해야 한다고 했다. 순간 정신이 아찔했다. 그때만 해도 확진자가 나오면 온 동네가 무슨 일이라도 난 것처럼 난리 아닌 난리가 났었기에, 어떻게 해야 할지 당황스러웠다. 교감선생님께서는 우선은 보건소에서 코로나19 검사를 받아보라고 권하셨다. 그리고 결과를 보고, 확진 여부에 따라 상황이 이루어질 것이라고 우리 가족을 안심시켰다. 신랑이 빨리 차를 몰아 보건소에 도착하니, 큰애 반 담임선생님이 아이들과 학부모를 보건소 입구에서 맞이하면서 진정시키고 아이들이 검사받도록 안내를 해주셨다.

큰애 반의 친구들은 모두 집에서 쉬다가 왔는지, 운동복 복장에 편안한 차림으로 대기석에서 기다리고 있었다. 밖에서 있는 학부모들은 다들 걱정이 가득한 얼굴들로 확진자 된 친구를 걱정하면서, 별일 없기를 바라는 말로 서로 위안 삼았다.

결과가 다음 날 아침에 나온다고, 우선은 그 반 아이들 모두 접촉자로 분리 자가격리에 들어가야 한다고 하여 다시 한 번 머리가 하얘졌다. 그 친구와 접촉한 날로부터 2주간의 자가격리. 말로만 듣던 자가격리를 우리 아들이 해야 한다니. 자가격리 대상의 가족들은 어찌해야 하는지 물어봤으나, 확실한 대답을 해주지 않아 더욱 당황스러웠다. 가족들도 검사를 해봐야 하는지, 동생이 있는데 이 애는 어찌해야 하는지, 나와 신랑은 직장은 어떻게 해야 하는지, 모든 게 혼란스러웠다.

이제 13살인 아들을 혼자 자가격리시킬 수도 없고 엄마가 함께 있어야 할 것 같은데 나는 병원에서 근무하는 의료인이다 보니 병원을 가기도 안 가기도 애매했다. 병원 감염관리팀에 확인한 결과 결과가 음성이라도 2주간 격리하면서 재 음성 나올 때까지는 접촉을 안 해야 한다고 했다. 아니면 함께 자가격리에 들어가야 하는데 그러기에는 2주라는 시간이 너무 길었고 근무하는 곳의 상황이 여의치 않았다. 아들과 떨어져 2주를 다른 곳에서 보내면서, 병원을 계속 나오든지, 아니면 2주간 병가를 들어가서 아들과 함께 자가격리를 해야 하는 상황. 엄마로서 자리를 지키느냐 의료인으로 환자와 함께해야 하나 하는 생각에 고민하다가 결국은 아이는 할머니에게 맡기기로 하고 나는 친정으로 따로 격리 조치하기로 했다.

2주간 아이들과 남편을 두고 생활해야 하는 게 쉽지 않은 결정이었지만 엄마이기 전에 나는 간호사라는 사명감이 그때에는 큰 작용을 한 것 같다. 덕분에 나는 친정에서 친정 부모님과 생활을 하기로 하고 짐을 싸서 왔는데 그 당시 친정엄마의 몸 상태가 좋지 않았다. 폐섬유증 진단을 받고 거의 말기에 있어서 거동도 힘들어하셨고 숨쉴 때 산소를 하고 있어야 편하게 할 수 있는 상태였다. 갑자기 날씨도 싸늘해지면서 기침도 하시고 드시는 것도 거의 못 드시고 힘들어해서 결국은 입원을 해서 봐야 하는 상황이었다. 어찌 보면 다행인지 병간호를 할 사람도 없었는데 내가 와서 그나마 간호를 할 수 있는 여유가 생긴 것이다.

친정집에서 기거하려고 싼 짐을 병원으로 갖고 와서 아들 자가격리 들어간 2주간 간병인으로서 생활이 시작된 것이다. 물론 근무를 하면서 출퇴근을 집이 아닌 엄마 입원 병동으로 말이다. 다행히 병원에 와서는 거동도 좀 하시고 식사는 거의 못 하셨지만, 영양제를 맞아서 그런지 기력을 좀 차리셔서 한시름 놓았다. 20여 년 동안 환자를 돌보는 간호사로 살아왔는데 정녕 내 가족을 돌보는 데는 처음이었던 나에게 엄마와 함께한 14일간의 시간은 많은 걸을 깨닫게 해주었다. 환자들이 아플 때 병원에서 간호해 주는 간호사와 의사들의 노고를 항시 보고 느꼈었다. 하지만 내 가족이 아파서 내가 병간호를 해보면서 느끼는 것은 또 다른 것 같다. 내 가족이 아픈데 왜 이렇게밖에 못 해주나 짜증도 나기도 하고 밤새 잠도 못 자고 간호하는 모습을 보면 안쓰럽기도 하고 고맙기도 했다.

그러면서 엄마와 하지 못했던 얘기들도 나눴다. 엄마의 힘들어하는 모습도 보고 항상 건강하실 줄만 알았는데 아프고 힘없고 나이 들어간 모습을 보니 너무 마음이 아팠다. 어렸을 때는 그냥 엄마 아빠가 다 해주니까 철모르게 살아왔다. 그런데 이젠 성인이 되어 결혼하고 애도 낳고 살면서 혼자 다 큰 것 같이 부모님 말씀보다는 내가 잘났다고 하면서 부모의 말에 귀를 기울이지 않고 살아온 거 같다. 그때는 잘 몰랐는데 이제 부모님이 나이 들고 아프고 하니까 철이 드는 내 모습이 후회되었다. 하지만 '후회한들 어찌할까'라는 생각도 든다. 그러면서 우리 아이들은 나의 이런 마음을 알까 라는 생각도 든다. 이제 13살, 9살인 아직은 어린 꼬맹이들인데 엄마 없이도 잘 지내는지, 먹는 건 잘 먹고 있는지 잠은 잘 자는지. 나도 이젠 부모가 되어서 이렇게 자식 생각을 하고 있는데 '우리 부모님들도 자나 깨나 자식 생각에 잠 설치셨을 텐데'라는 생각을 해본다. 엄마와의 시간이 그리 많이 남지 않았다는 걸 알면서도 내 맘대로 안 되면 엄마한테 짜증 내고 화내고 이런 게 자식의 모습일 것이다.

엄마와 함께 있는 병원 생활이 나에게는 세상과의 단절이나 다름없었다. 병원에서 거의 24시간을 보내야 했으니까. 하지만 엄마가 날 어떻게 생각하는지 나에게 많이 미안해하고 자식에게 짐 지우게 하지 않고 싶어 하는 마음들이 느껴지니까 좀 더 함께하지 못했던 시간이 아쉽기만 했다. 가까이 살긴 해도 다들 바쁘다고 자주 찾아보지도 못했고 아프시면서는 엄마도 짜증이 늘고 하시니까 자식들은 또 좋은 소리 안 하고 그러다 보니 엄마는 또 서운해하시기를 반복하셨다.

정신없이 지내다 보니 정작 우리 아이들과 가족들에게 소홀해서 전화를 한 번씩 하면 아이들은 그저 엄마 없는 게 자유라 생각하는지 전혀 아쉬워하지 않는 것 같았다. 그런 모습에 난 서운한 마음만 들 뿐이었다. 그리하여 지금은 엄마와의 시간에 충실하자. 이런 시간이 또 언제 오겠는가. 자가격리를 이유 삼아 엄마와 함께하는 시간이 나에게는 행복한 시간이었다고. 지금 엄마는 하늘의 별이 되셨다. 아직 반년이 지나지 않아 실감이 나지는 않는다. 그렇게 2주간을 병원에서 함께하고 퇴원하였고 상태가 점점 더 안 좋아지시더니 2달 만에 엄마는 우리를 떠나셨다.

엄마와의 시간이 길지는 않을 거라고 생각은 했지만 그렇게 갑자기 우리 곁을 떠나시리라고는 생각하지 못했다. 그래도 코로나19로 인해, 뜻하지 않은 아들의 자가격리는 엄마와의 힘겨운 병원 생활로 나에게 다가왔지만, 그 시간이 있어서 나는 더욱더 병원에서 일하는 시간이 보람되고 소중하다는 걸 느꼈다. 직접 체험해 보지 않으면 그 심정을 알 수 없다. 병원이라는 곳에서의 하루하루 혈투를 하며 보내는 시간, 그 시간과 함께하는 환자와 병간호하시는 보호자들, 그리고 의료진들까지. 모두가 힘든 시간을 보내고 있지만, 그 시간이 소중한 시간이 되길 바라고 있다. 다시는 볼 수 없는 사람들과의 마지막이 될 수도 있으니까.

자가격리가 풀려서 아이들을 보러 가는 발길음은 무척이나 가볍고 들떠 있었다. 하지만 정작 두 아이는 아무렇지도 않은 듯 엄마를 바라보며 "엄마 왔어?" 하는데, 나만의 착각에 빠져 걱정한 시간이었다고 그냥 웃어 넘겨본다. 친할머니와 함께했던 두 아이는 살이 올라 포동포동하니 얼굴만 좋았다. 그래, 엄마 없이도 씩씩하게 잘 지낸 것이 다행스러웠다. 약간의 서운함이 있긴 했지만, 나에게는 참으로 좋은 경험을 하게 한 시간이었다. '코로나19가 아니었으면 이런 추억을 또 만들 수 있었을까?' 하는 생각도 하면서 말이다.

일감호

건국대학교병원

이른 아침 일감호를 보며 잠시 숨을 고른다. 벚꽃은 벌써 져버리고 이제 완연한 여름이다. 불과 2달 전까지만 해도 일출을 볼 수 있을 정도였는데 이제는 벌써 머리 위만큼 떠버린 해를 보면 시간이 참 빠름을 느낀다. 눈부신 호수의 황금빛 물결, 날아가는 이름 모를 새, 우거진 숲을 보며 참 고요함을 느낀다. 그리고 이런 새벽에 부산히 운동하는 사람들도 삼삼오오 눈에 띈다. 찰나의 고요함 속에 코로나19 시국이라는 것을 잠시 잊게 된다. 오늘도 새로운 아침이고 지금 쉬는 숨은 과거에 쉴 수 없고 미래에 쉴 수 없음을 느끼며 이 순간에 감사함을 느낀다.

코로나19 환자 수술로 긴장했던 일이 엊그제처럼 생생히 스쳐 지나간다. 한 건의 수술을 진행하면 마취과와 외과, 소독간호사와 순

5부

회간호사 2명으로 수술을 진행한다. 하지만 코로나19 환자의 수술을 진행할 경우, 일반적인 수술 진행 인력으로는 도저히 감당할 수 없다. 그래서 병원의 초비상 사태가 벌어진다. 수술에 관련된 팀은 물론이요, 미화팀, 이송팀, 시설팀까지 추가인력을 배치하고 환자의 상황에 예의주시한다. 이 모든 일은 응급상황으로 벌어진다. 저마다 분주히 자기 맡은 임무에서 부리나케 움직인다. 수술실 간호사는 평소 2명의 인력 외에 추가적인 간호사도 출근하여 지원한다. 옷 입는 것부터, 벗는 것까지 어느 것 하나 만만치 않은 일이 없다.

환자의 마스크 벗은 입과 코에 바짝 다가서서 처치해야 하는 마취과 팀이 유달리 안타까워 보인다. 능숙한 손놀림 뒤에 시커먼 두려움을 가득 안고 있으리라. 텔레비전에서 보는 하얀색 우주복에 초록색 멸균 수술 가운을 덧입고 장갑을 또 착용한다. 고글을 착용하고 머리끝부터 발끝까지 Level D(방호복)를 입으니 이건 내 몸뚱이가 내 몸뚱이가 아니다. 분명 내가 서서 수술하고 있으나 내가 아닌 다른 사람이라는 느낌이 든다. 이게 꿈인지 생시인지. 내가 나비인지 나비가 나인지 모르겠다. 내가 우주복인지 우주복이 나인지 모르겠다. 그냥 우주복과 한 몸이 되어 저 깊은 수렁으로 꺼진 것 같다. 좀처럼 그 수술의 여운은 사그라지지 않는다. 수술이 끝나서도 정리하는 과정에 행여 날카로운 기구에 찔릴까 노심초사하며 긴장을 늦추지 않는다. 여운이 좀처럼 가시지 않는 수술이다. 아무리 씻어도 행여 집에 있는 아가 생각에 다시 한 번 비누칠을 한다. 부모가 의료진이라서 전염병이 돌 때마다 아이에게 미안해지는 일은 어쩔 수 없다.

방문교사 선생님이 코로나19에 걸렸다고 떨리는 목소리로 전화를 한다. 증상이 있어서 생활치료센터에 입원했단다. 다행히 우리 집 방문 직전 발견되었으므로 우리는 검사 대상이 아니었다. 한 달 동안 교재만 배부해야 하는데 괜찮냐고, 혹시 선생님을 바꿀 생각이라면 가능하다고 한다. 병원에서 일해서일까 누구보다 안타까웠다.

'넘어진 김에 쉬어간다고, 푹 쉬고 몸 회복하면 나오세요.' 결코, 누군가에게 벌어지는 일이 아닌 내 주변의 일이다. 다행히도 완쾌하였고 우리 집에 방문해도 되냐는 전화에 흔쾌히 대답했다. '아이들에게는 아팠었다고 하지 말고 휴가 중이었다고 말해주세요.'

병원이든 일상이든 코로나19는 우리에게 너무 가까웠고, 그렇다고 우리의 일상을 완전히 무너뜨릴 수는 없었다. 늦지만 서서히 그렇게 제자리를 찾아간다. 일상이 제자리로 돌아가듯 수술실도 서서히 제 자리로 돌아오고 있다. 이번 달 들어 수술이 부쩍 늘었다는 생각이 문득 들었다. 정확히 말하면 코로나19 백신 접종 이후 잠잠했던 수술실이 부쩍 부산해진 느낌이다. 사실 코로나19 백신 맞을 때까지만 해도 두려운 마음이 가득했다. 아무런 대비 없이 가서 백신을 맞고 병원의 전 직원이 패잔병처럼 초토화되었다. 나 또한 다름 없이 수술 중에 쓰러져 뒤쪽에 쪼그려 앉아있었다. 백신을 그냥 맞는 놈, 도망간 놈, 갈팡질팡한 놈, 놈놈놈의 아수라장이다.

과거 제너의 종두법을 처음 시작할 때도 그렇게 난리였다니 과거는 결국 현재를 반영한다. 종두법을 표현한 그림을 보면 백신을 맞은 사람은 엉덩이에서 소가 나오고 팔이 세 개가 되었으며 괴로움으로 비명을 지르고 있다. 초창기의 두려움을 가장 단적으로 잘 표현한 그림이다. 하지만 그런 초기 멤버들의 노고로 결국 천연두는 종식된다.

부산해진 수술실을 보며 신기한 생각이 든다. 다른 병원은 코로나19로 인해 폐쇄된 경우가 종종 있는데 우리 병원은 어찌어찌 잘 운영되어 가고 있다. 물론 크고 작은 코로나19 이벤트가 있었지만, 병원 전면 폐쇄라는 최악의 상황은 맞이하지 않았다. 그냥 운이 좋은 걸까? 우리 병원이 풍수지리 터가 좋은가? 그래서 좋은 기운을 받아서 코로나19를 잘 피하고 있는 것일까? 분명 코로나19란 놈이 우리 병원만 피해가지는 않을 터이다.

운은 준비된 자에게 찾아온다고 한다. 그동안 알지 못했지만, 병원은 철저히 준비된 병원이었다. 감염관리팀들 주도하에 전 부서에서 어찌나 꼼꼼하게 막는지 그 악랄한 코로나19가 들어올 수가 없나. 병원의 꼼꼼함에 의료진인 나조차도 혀를 내두를 정도였다. 우선 어떤 기관 못지않게 먼저 병원 문을 폐쇄했다. 병원형 쇄국정책이라 할 수 있겠다. 지하철이 지하로 연결되어 있어 접근성이 월등한 병원이지만 사실 이런 팬데믹 상황에서는 가장 취약한 부분으로 남는다. 그래서 우리 병원은 지하부터 지상 옥상까지 단 1개의 문만 남기고 전면 폐쇄했다. 그리고 공항에서나 볼법한 체온 기기를 재빠르게 비치하여 적의 침입을 막았다. 들어오는 사람 한 명 한 명을 꼼꼼히 확인하고 또 확인해서 도저히 방어막에는 빈틈이 없었다. 아무리 의료진이라 해도 잠시만 나갔다 싶으면 다시 한번 체온 확인을 하니 이건 웬만한 공항보다 더한 꼼꼼한 심사다. 그 덕분일까 큰 사고 없이 조용히 잘 넘어왔다. 사실 이번 사태는 코로나19 비상 상황이 터지면 언론에 시선 집중이 되어 질타를 받기 십상이다. 반대로 잘 막으면 그냥 아무 일 없이 넘어가는, 즉 아무리 잘해도 칭찬을 받기는 어려운 팬데믹 케이스다. 그럼에도 이렇게 조용히 지내고 있으니 잘하고 있음을 반증하는 것이리라.

그리고 점점 우리의 수술이 늘어간다. 불과 몇 달 전까지만 해도 코로나19로 인해 수술실은 적막만이 가득할 때가 있었다. 수술은 줄줄이 취소되었으며 두려움에 가득찬 사람들은 병원을 기피했다. 덕분에 수술실직원은 연차를 다 소모하였다. 그마저도 부족하여 다음 해 연차까지 끌어쓰는 일이 빈번했다. 하지만 지금은 상황이 완전히 바뀌었음을 느낀다. 한동안 잊었던 초과근무가 시작되었으며 그동안 줄었던 국소마취 수술이 배로 늘기 시작되었다. 국소마취 수술실이 2방으로 유지되나 수술이 넘치니 3방까지 열기 시작했다. 수술 초과근무가 시작되는 수술 라운딩하는 이브닝 차지를 간절한 눈으로 찾게 된다. 우리 방을 바꿔줄 것인가 아닌가, 비록 나를 바꿔주지 않더라도 다들 묵묵히 남아서 수술을 한다. 즐거운 비명이 시작되었다고 할 수 있다.

작년과 올해 입사한 신규간호사들은 수술 건수가 많지 않으니 다양한 수술에 참여할 기회가 상대적으로 적었다. '배워야 할 텐데 수술케이스가 많지 않아 걱정이네. 수술이 적어서 오프를 받아야 할 것 같아.' 예전의 이런 걱정이 무색할 만큼 지금은 수술이 늘어났다. 덕분에 신규간호사들의 실력이 쑥쑥 늘고 있다. 적막이 흐르던 복도는 사람들의 북적임으로 가득 찬다. 아침 7시면 벌써 출근해 그날의 수술을 준비하려 분주하다. 예전의 활기찬 수술실로 돌아가려는 움직임이다.

사실 끝나지 않을 것 같은 두려움이 가장 컸다. 하지만 일상의 부산함을 보며 점점 저 멀리 희망의 불빛이 비쳐오는 것 같다. 이번 코로나19 팬데믹도 드디어 서서히 사그라들기를 조용히 기도해본다. 지금은 어렵고, 무섭고 부작용이 올까 무섭지만 언젠가 종식이 되는 그날이 온다면 내가 그 전쟁 한가운데 있었노라고 기억으로 남았으면 좋겠다. 끝 모를 전쟁이 지나감을 서서히 느낀다. 치열했던 전쟁은 서서히 멈추고 평화가 오길 기원해본다.

어느 주말 새벽의 꿈

● 신정란
이화여자대학교 의과대학 부속 서울병원

2021년 1월경 코로나19 바이러스로 인한 확진자는 나날이 증가하였고, 집단 감염을 막기 위한 방역 단계가 격상되면서 면역력이 약한 환자들이 모인 병원은 그야말로 바이러스 차단을 막기 위해 총력을 기울이게 되었다. 병원의 모든 입원환자는 코로나19 검사를 시행하고, 음성이 확인되어야 해당 병실로 입원할 수 있었다.

코로나19 PCR 검사는 주간에는 6시간 후 결과가 나오고, 야간이나 주말인 경우는 12시간 이상 소요되기도 한다. 하지만 산모는 진통이 있거나 양수가 흐르는 등 분만의 전조증상이 있으면 바로 응급실을 통해 분만실로 내원하기에 입원을 예측할 수 없고, 경산모의 경우 내원 후 1시간 이내 분만을 하며, 진통 중 태아나 산모의 응급상황이 생기면 바로 수술을 해야 하는 등 응급상황과 태어난 신생아는 어떻게 해야 하는지⋯ 산모와 신생아까지, 변수가 너무 많기에 코로나19 PCR 검사결과를 보고 입원할 수 없는 상황이었다.

그리하여 모아센터 파트장인 나와 센터장은 산모를 위한 절차 마련을 위해 고심하였고 응급환자를 위한 응급용 선별검사를 산모에게 도입하여 검사 후 1시간 뒤에 결과 확인하여 빠른 처치가 이루어질 수 있도록 하였다. 또한, 설마 코로나19 양성 산모가 올 확률은 희박하지만, 응급상황 대비를 위하여 코로나19 의심 산모가 분만하는 경우, 분만실 내에 음압실이 없어 음압실이 있는 수술실에서 분만하는 것으로 대안을 마련하였다.

그리고 얼마 지나지 않아 1월 24일 새벽 2시경, 평소 잠을 잘 깨지 않는 나지만, 이날은 전화벨 소리에 잠을 깨며 순간 응급상황임을 직감하며 전화를 받았다. 신생아 중환자실 파트장이 전화하여 지금 분만실에 코로나19 양성산모가 입원하여 분만이 임박한 상황으로 태어날 신생아를 격리해야 하는 상황으로 신생아중환자실 업무를 조정하고 있다는 내용이었다. 팀장님도 그 새벽에 전화를 받고 분만실 상황 파악 후, 대책에 관한 논의를 하기로 하였다. 전화를 끊고 문자를 확인해보니, 병동 간호사의 연락이 와 있었다. '설마 했던 일이 정말 일어났구나.' 심장이 쿵 떨어짐을 느끼면서 병동에 전화를 걸어 파악한 상황은 다음과 같다.

1) 1월 23일 23:20 임신 39주 경산모 진통 있어 응급실 통해 분만실로 내원
2) 내원 시 자궁 경부 3cm 진행되어 기본 검사 후 1월 24일 00:00 입원 결정
3) 1월 24일 01:00 자궁 경부 5cm

4) 01:20 응급용 선별검사 양성 나와, PCR 추가 검사 나감.

5) 02:00 감염관리실 및 진료과 협의 후 보안요원 요청하여 산모 이동경로, 바리게이트 치면서 분만에 필요한 장비 및 세트 함께 음압수술실로 이동

6) 03:03 음압수술실에서 자연 분만함

7) 코로나19 응급용 선별 재검 결과를 기다리며, 신생아 입실 절차 논의 중

　새벽에 정말 너무도 꿈 같은 이야기들을 듣고, 잠시 멍하니 생각에 잠겼다. 지금 담당 간호사들은 처음 겪어 본 상황에 얼마나 당황을 했을까, 코로나19 양성 산모에 대한 절차를 마련하지 않았으면 정말 큰일이 생겼을 수도 있었겠다 등등 순간 많은 생각이 스쳐 지나갔다. 그러던 중에 밤 근무 간호사로부터 재검 결과 음성이 나와서 상황이 종료되었다는 연락을 받았고, 정말 얼마나 감사하던지… 안도의 한숨을 내쉬었다. 약 4시간 동안 코로나19 양성 산모가 신생아를 무사히 분만하도록 하기 위해 그 새벽 시간에 산부인과 의료진 및 소아청소년과 의료진, 간호팀, 병원 경영진이 모두 깨어서 산모와 아기를 위한 마음이 모여 좋은 결과가 있었다고 생각되었다.

　주말 새벽 꿈 같은 일로 인하여 우리가 마련한 시나리오가 얼마나 잘 이루어졌는지 누군가 테스트하고, 무엇이 실전에서 문제가 있는지 깨닫게 해주려고 하였나? 라는 생각이 들었다. 그 이후 우리는 경각심을 가지고, 부족한 부분을 보완하여 코로나19 양성 산모와 신생아를 위한 구체적인 방안을 경영진 포함, 여러 파트와 논의 끝에 철저히 마련할 수 있었다. 코로나19 팬데믹으로 인해 정말 우리

의 많은 일상이 변화였고, 우리는 불편을 감수하게 되었다. 그런데 그 누구보다 산모들은 정말 마음 편히 분만도 할 수 없고, 남편 없이 오롯이 혼자 아이를 낳게 되는 상황이 되었다. 백신을 접종하고 있지만, 변이 바이러스로 인해 아직 안심할 수 없는 요즘. 남편의 빈자리를 채워주기 위해 앞으로도 분만실 의료진은 최선을 다할 것이다.

당연한 것들을 기다립니다

● 장성필

신촌세브란스병원 안과병원

"그때는 알지 못했죠. 우리가 무얼 누리는지

거리를 걷고 친구를 만나고 손을 잡고 껴안아 주던 것

우리에게 너무 당연한 것들"

[당연한 것들] 이적

지난봄, 여느 날처럼 출근 준비를 하고 있었다. 뉴스에서 흘러나오는 멘트가 심상치 않더니 100명 200명 300명 오름세가 가파르다. 집단 발병이라니. 영화 속 한 장면과 같다는 생각에 아찔하기까지 했다.

"우한에서 신종바이러스가 나타났습니다."

"전염성이 매우 강한 것으로 드러납니다."

"이 바이러스로 인해 병원이 포화 상태입니다."

"백신은 없습니다."

마스크 없이 활보하던 거리, 인사하며 악수하던 손짓, 반가워 얼싸안던 몸짓까지 당연했던 아주 작은 것들이 모두 멈춰 섰다. 사람들은 줄을 서서 마스크를 사려 했고, 때아닌 품귀현상에 수술실 간호사인 우리도 하루 1개씩 배급받아 사용해야 했다. 이때까지만 해도 힘을 합쳐 헤쳐나가면 금시에 일상으로 돌아가겠거니 싶었다. 하지만 2020년 8월, 안과병원의 확진자 발생으로 인해 우리는 코로나19 직격탄을 맞았다. 이를 어째! 놀랄 것도 잠시, 전화가 걸려 왔다.

"전수검사 시행합니다. 지금 바로 오세요."

어둑해질 무렵, 부랴부랴 걸음한 그곳에는 낯익은 얼굴들이 줄지어 서 있었다. 여태껏 본 적 없는 기괴한 풍경과 이게 뭔 일인가 싶은 눈짓들. 그 사이를 뚫고 피곤한 기색이 역력한 모습으로 파트장님이 나오셨다. 의연한 눈빛을 보니 본인의 놀람보다 앞으로 헤쳐가야 할 일들에 집중하고 있음이 분명했다.

"이제 우리는 어떻게 해야 돼요? 어떻게 되는 거죠?"

나라님도 예상하지 못할 상황에 대하여 일제히 그녀에게 물었다. 하지만 그녀는 어제와 같은 표정으로 자초지종을 설명했다. 코로나19 차르의 역할을 자처하며 방역 사령탑으로 선두에 선 것이다. 어려움에 맞닿은 순간부터, 무슨 일이든 척척 해내던 평소의 기지가 수면 위로 떠올랐다. 차르의 기지는 해질녘 강물처럼 내내 반짝였고 우리는 그 반짝임 아래 '혼란의 포문'을 열었다.

소통(뜻이 서로 통하여 오해가 없음)

응급환자 수술 외에는 정상적인 병원 운영이 어려운 상황에서 예상하지 못한 일들이 자꾸 생겨났다. 가장 큰 난관은 원내 직원 감염으로 인해 빗발치는 항의 전화였다. "의료진이 코로나19라니!" 입이 열 개라도 할 말 없게 만드는 아득한 이 심정을 모두가 안타까운 마음으로 바라보았다. 하지만 누구도 쉽게 입을 열어 비난하지 않았다. 리더로서의 직책을 맡은 부서장님들은 입을 모아 말했다. "한 사람을 비난할 일이 아니다. 잘 헤쳐나가면 된다." 그들은 문제보다 상황을 이겨낼 계책에 몰두했다. '역시!' 감탄이 바람 지나듯 선명히 스쳤으나 크게 내뱉지 못하였다.

부서 간에 '이렇다 저렇다'는 오해가 생기지 않도록, 침묵으로 지켜야 할 것과 공유하며 나뉘어야 할 일을 배분하는 데 전력했다. 우리가 나눠야 할 가장 큰 무게는 수술 일정 및 진료연기 그리고 민원 응대 부분이었다. 수술실 간호사들은 너나 할 거 없이 외래지원을 도맡아 각개전투에 나섰다. 안과병원은 '외래진료', '수술실', '검사실' 크게 세 구획으로 나뉜다. 서로 맞물려 돌아가는 구조로 되어있지만, 그간 서로의 업무를 이해하는 것에 있어 직접적인 경험은 전무했다. 오히려 이번 코로나19로 인해 각자의 자리에서 얼마나 고생하며 애쓰고 있는지 알게 되었다.

"여기가 최전방이네요!"

"외래에 이렇게 환자들이 많이 빗발치는 줄 몰랐어요."

"그동안 수고가 정말 많으셨네요! 고맙습니다."

중단(중도에서 끊어져 이제까지의 효력을 잃게 하는 일)

멈추었다. 출근해서 늘 해왔던 일들이 멈추었고 준비해야 할 수술도 극명히 줄어들었다. 안과병원 개원 이래 몇 되지 않는 난관 앞에 선 것이다. 오늘은 어떤 환자들이 올까? 그들을 삶의 자리로 돌려내는 일에 기꺼이 자신의 젊음을 내던졌던 선배들의 미소도 잠시 멈추었다. 그러나 모든 것이 중단된 오늘, 뭘 해야 하나 우왕좌왕하지 않았다. 예견이라도 한 듯, 우리가 지금 무얼 할 수 있을지에 대하여 서로 의논하고, 정리된 것들은 일사불란하게 공유했다. 멈추어진 것을 기능하게 하는 사람들로서 그들은 제 역할에 충실했다. 게다가 어려운 시국에 사기가 떨어지진 않았을까 염려해주시는 마음도 있었다. '주춤하지 말라'고 간호부원장님부터 간호국, 의국에서까지 직접 찾아오셔서 지친 사람들을 격려해주셨다. 자칫하면 이제까지 쌓아왔던 신뢰를 잃을 수 있는 상황이었다. 하지만 의연히 대처하는 이들이 있었기에, 우리는 터널에 빛이 보일 때까지 포기하지 않고 전진할 수 있었다.

해결(얽힌 일을 잘 처리함)

수술이 끝난 많은 환자는 안정실을 거쳐 간다. 희한한 것은 이 우여곡절에도 불구하고 2020년 내내, 퇴원환자 만족도가 5% 이상 지속적으로 향상되고 있다는 사실이었다. 짧지 않은 진료 공백과 코로나19 시국에도 안정실 입원환자 또한 2% 증가되었다. 유지만 되어도 다행이다 싶었을 일들에 대하여 좋은 결과가 있어 더욱 감사했다. 자칫하면 남 탓과 오해로 얽히고 설킨 채 '오점'으로 남았을 시기가 이름도 없이 자기의 자리를 지켜낸 의료인들의 손길로 인하여 '고점'이 되었다.

"백신이 개발되었습니다."

"점진적으로 제한이 풀릴 것으로 예상됩니다."

"마스크 없이 일상으로 돌아갈 것으로 기대됩니다."

우리는 서서히 일상으로 복귀 중이다. 머지않아 당연하게 여기며 누리던 온기를 다시 나눌 수 있게 될 것이다. 색이 다른 어려움이야 수없이 찾아오겠지만 그때마다 구분 짓지 않고 탓하지 않는 이와 함께라면 얼마든지 헤쳐나갈 수 있음을 확신한다.

"원래 별 게 아닌 게 제~일 소중한 거예요!" 김초희 감독이 그린 영화 '찬실이는 복도 많지'의 주인공, 찬실이도 확신을 가지고서 말한다. 안과병원의 수많은 주인공이 하루속히 당연한 일상으로 돌아가기를 바라고 있다. 누구든 별것 아닌 일상을 잃고 나서야 비로소 별것이 별것이었음을 알게 된다. 하지만 이번 계기를 통하여 우리는 작은 것에서부터 충실한 자로 살아가는 일에 대해 거듭나고 거듭날 것이다. 그리고 다시, 세상 밖으로!

코로나여 물러가라!

● 김윤수

이화여자대학교 의과대학 부속 서울병원

코로나19 바이러스가 대한민국에 온 지 1년 6개월이 흘렀고, 백신 보급으로 여러나라에서 '백신여권' 도입에 대해 추진여부를 얘기하고 있지만, 전파력이 큰 델타 바이러스 확산이 변수로 다가온 상황이다. 나에게 2020년은 코로나19 팬데믹의 여파로 간호사로서 그리고 한 간호부서의 파트장으로서의 무거운 책임과 고된 시련으로 그 어느 해보다 힘들었고 의미 있는 한 해였다.

코로나19 팬데믹으로 세계가 떠들썩하던 시기에 대한민국은 '드라이브 스루(Drive-thru)'라는 K 방역의 멋진 시스템으로 일선에서 활약했다. 우리 병원이 3월 5일부터 첫 드라이브 스루 선별진료소를 시행하는 날, 나는 드라이브 스루 선별진료소 당번으로 일했었다. 드라이브 스루 선별진료소에서 일하는 날은 Level D(방호복)를 입고 잠깐도 쉴 새가 없이 왔다 갔다 하며 일해야 했기 때문에 여름에는 땀범벅은 물론이고 실신할 지경이었다. 코로나19 확진자가 많은 시기에는 2시간 30분 동안 50명이 넘는 환자를 검사했고, 그중 3분의 1이 코로나19 확진으로 간호를 해야하는 상황이었다. 여름에는 야외에 설치된 뻥 뚫린 천막형태의 드라이브 스루 선별진료소를 아무리 시원하게 하더라도 차들에서 뿜어 나오는 열기가 가해져 살인 수준의 더위를 이겨내야만 했다. 방호복으로 인한 더위를 감소시키기 위해 방호복 안에 입을 '얼음조끼'가 제공되었는데, 처음에는 엄청 차가운 얼음이 콕콕 찌르기도 했지만 더위에 금세 녹아서 말랑말랑해졌다. N95를 쓰고 바쁘게 일한 뒤 두통이 오고 힘들었지만 뿌듯함이 밀려오곤 했는데, 검사하러 온 한 환자가 우리를 보면서 "멋지십니다. 항상 그런 멋진 모습으로 남아 주십시오"라고 말하며 엄지를 치켜세웠던 모습이 기억이 난다.

2020년 인공신장실 파트장으로서, 코로나19 고위험 환자인 혈액투석환자의 코로나19 감염에 대해 각별하게 신경쓰며 일했었다. 그런데 9월 어느 날 외래 혈액투석환자 2명이 자가격리자가 되는 일이 있었다. 자가격리를 통보받은 외래 혈액투석 환자가 발생한 경우에는, 혈액투석환자 중 코로나19 확진자는 혈액투석을 해주는 코로나19 전담 치료병원이 없기 때문에 환자가 기존에 투석받던 병원에서 혈액투석을 해야 했기에, 인공신장실의 외래투석환자와 입원투석환자의 투석을 모두 종료한 뒤, 코로나19 자가격리자인 외래 혈액투석환자를 보건소 차량으로 이송하여 동선을 통제하여 투석을 진행해야 했다. 2019년 개원한 후 처음 있는 일이기도 했고, 코로나 19로 인한 당직 이외에도 중환자실 응급 혈액투석으로 당직이 생길 가능성도 있으므로, 당직 간호사 외에 파트장이 같이 남아서 2시간씩 교대하여 혈액투석 간호를 시행하였다. 환자 1명은 간호사의 수고에 고마움과 미안함을 표현했는데, 또 다른 환자 1명은 투석이 끝나서 귀가할 때까지 불평을 늘어놓았다. 자신은 아무렇지도 않은데 보건소와 병원 직원이 귀찮게 괴롭힌다며 너무 늦게 투석을 해주는 것에 대하여 끝까지 투정하고 화를 내고 갔다. 다른 환자의 감염 전파를 막기 위해서 이렇게 고생하고 있는데, 아무리 타이르고 알려주어도 자신만 생각하는 환자의 말에 정말 화가 머리끝까지 치밀었지만, 할 수 없이 마음을 다스렸다.

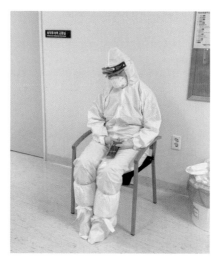

자가격리자 혈액투석 종료 후 보건소 환자 이송을 기다리는 모습

팬데믹 사태는 인공신장실에 또 다른 예기치 못한 고난을 몰고 왔다. 2020년 12월 30일 밤 9시에 본원 입원 투석 환자 중 1명이 보호자(아들)로부터 감염되어 코로나19 확진 판명을 받았다는 연락을 받았다. 혈액투석은 주 3회 투석을 진행하기 때문에 그 입원환자가 확진 판명을 받기 전 1주일간 혈액투석 간호를 위하여 대부분의 간호사들이 접촉한 상태였다. 더구나 그 환자 좌우 자리에서 동 시간에 4시간 동안 투석한 환자와 보호자까지 생각하면 큰일이었다. 보건소 역학조사관의 결과에서 간호사와 환자 몇 명이 확진자와 자가격리자가 될지가 관건이었다. 나는 보건소 역학조사 전에 빨리 선제격리하기 위하여 밤에 그 환자와 접촉한 모든 간호사들에게 간호사 보호장구 착용 상태 등 상황을 알아보고 밀접 접촉한 간호사는 다음 날 근무에서 제외되도록 근무 조정을 했다. 또 다른 감염을 막기 위해서 다음날 근무 시에는 마스크와 장갑 외에 가운과 face shield까지 모두 착용하고 근무시간 내내 벗지 말고 계속 간호하도록 했다. 병원에 출근해서 코로나19 확진 입원환자 좌우로 투석했던 환자, 그 주변 공간에서 동 시간대 투석한 감염 가능성 있는 환자, 보호자, 청소 미화여사와 타 부서 직원들까지 역추적하여 자료를 조사하고 감염관리실과 해당 환자의 책임의사와 담당부서장뿐만 아니라 본원에서 투석하고 전원 간 병원 등 모든 관련된 곳에 알렸다. 인공신장실 파트장이 그 상황을 제일 잘 알기 때문에 자료를 정확하고 빠르게 조사하여 관련된 모두에게 알리는 게 감염 전파 확산을 막는 길이기 때문에 어깨가 무거웠다. 인공신장실 간호사와 그 외 직원들은 전수조사하고, 접촉한 환자와 보호자까지 코로나19 검사를 실시하였는데 다행히도 모두 음성이었다. 또한, 보건소 역학조사 결과 간호사 1명만 자가격리자가 되고 나머지 직원들은 능동감시자, 근무 유지였다. 보건소 역학조사관이 다녀간 후로도 계속 추가 확인 질문과 답변, 자료 제시 등으로 결국 12월 31일 제야의 종소리도 가족과 함께하지 못하고 정신과 신체가 힘든 상태로 1월 1일 새벽에 퇴근하게 되었다. 퇴근하는 차 안에서 일을 해결했다는 안도감과 함께 눈물이 마구 쏟아졌다.

2020년 12월 새해의 희망을 소원하는 '희망 트리'

2020년 한 해가 가기 전에 인공신장실 환우의 날을 계획하던 시기에 코로나19 사태로 인하여 모일 수는 없지만 한 해를 보내는 의미 있는 것을 해보자는 뜻에서 나는 '희망트리' 제작에 대한 의견을 제시하였다. 나무 모양의 게시판에 자신의 희망의 메시지를 포스트잇으로 붙이는 것이었다. 환자분들이 희망트리 내용으로 새해 희망을 적은 것 중 대부분을 건강에 관한 것으로 예상했는데 과반수 이상으로 나온 것이 코로나19가 종식되는 것을 바라는 것이었다. 가장 인상적인 내용은 이것이었다. '코로나19여 가고 백신이여 오라'. 질병으로 힘든 것은 어쩔 수 없는 부분이지만 코로나19로 인하여 사랑하는 가족, 친구와 일상을 나누기가 어렵게 된 것은 너무 힘든 일이다. 빨리 코로나19 팬데믹이 종식되기를 바라며 이 시간도 코로나19 관련 간호현장에서 땀을 흘리는 모든 간호사에게 응원의 마음과 건강하기를 기원하는 염원을 보낸다.